2
【著】岸本和葉
【イラスト】Bcoca
KONO SEISHUN NIWA
URA GA ARU!
この青春にはウラがある！
[VOLUME] TWO
and Bcoca

KONO SEISHUN NIWA URA GA ARU!

[VOLUME] TWO

CONTENTS

PRESENTED by KAZUHA KISHIMOTO and Bcoca

SCENE
応援合戦……？

SCENE
夏休み（妄想

プロローグ　屋上が使える学校は珍しい

夏といえば、人は何を想像するだろうか？

海、プール、かき氷、アイス、カブトムシ、セミ、花火。

一つ一つ考えていけば、それこそきりがない。

そんな中、俺が想像しているものはたった一つだけ。

夏の熱気で汗ばんだ女子の、うっすら透けたワイシャツ。

もはやこれに限る。

想像してみてほしい。

普段見えないはずの下着、または肌着が、こちら側から一切手を下さずに見ることができるというお得感を。

もちろんそれをただ眺めるというのはセクハラでしかないし、紳士たるもの気づいた瞬間に視線を逸らす必要があることは間違いない。

しかし、一瞬、ほんの一瞬くらい〝透けている〟と認識するための時間があるわけで。

俺の目はそれを逃さない。

鍛え抜かれた眼力は二百メートル先のパンチラを捉え、鋭く磨かれた嗅覚は汗の匂いだけでその人が誰かを当てることができる。

日常に隠れたエロ、それを逃さず正しく認識するために、俺は今を生きているのだ――。

「……何をぼーっとしてんのよ、あんたは」

「いてっ」

屋上に座り込んで天を仰いでいた俺の頭に、何かがコツンと当たる。

いつの間にか、我が親愛なる幼馴染、一ノ瀬ひよりが側に立っていた。

ひよりの手には、ソーダ味の棒アイス。

どうやらこれで俺の頭を小突いたらしい。

「くれるの？」

「いらないいならウチが食べるわ」

「もらうよ、せっかくだし」

袋に入ったアイスを受け取り、封を開けて口に運ぶ。

冷たいソーダ味のアイスが、口の中で溶けていく。

ひよりも俺の隣にペタンと座り込むと、もう片方の手に持っていた棒アイスを口に運んだ。

しばらくアイスを食べる音だけが俺たちの間に響く。

「……楽しかったね、今年の体育祭」

「まあ、ね。退屈はしなかったんじゃない？」

「素直じゃないんだから」

「うっさい」

怒られつつ、俺は笑う。

〝九月〟の気温は、まだまだ高い。

熱気で少し溶けてしまったアイスがぽたりと滴（したた）り、屋上の床に小さなシミを作る。

今年の夏は美少女たちの透けワイシャツ以外にも楽しいことがたくさんあった。

いつも通り何もなかったはずの夏が、ずっとキラキラして見えるくらい——。

俺は目を閉じ、息を吐く。

人によっては、どこにでもあるような青春だったかもしれない。

だけど俺は、このキラキラした夏を、一生忘れることはないだろう。

第一章　うだる暑さにアイスティー

七月末。

俺はメッセージアプリの中にある生徒会のグループのやり取りを見て、おお！　と声を上げた。

内容は、明日十時に生徒会室で行われる会議について。

夏休みに学校に行かなければならないなんて、本来であれば嫌な話。

しかしながら、生徒会の面々で集まることができるのであれば話は別。

誰もが羨む美少女たちに、休日でも会える。ああ、なんと素晴らしい。

もはやこれはデートだね。だって休日に会うんだし。

いや、同時に四人と会うことになるんだから、ダブルデートならぬクアトロデートか。

――我ながら頭悪いな。

というわけでノリノリで準備をした俺は、翌日真っ直ぐ学校へと向かった。

うちの学校は、敷地に入る際は必ず制服でなければならない。

着崩すのはオーケーでも、何故かその辺りはちゃんとしていたりする。

これについて残念なのは、生徒会メンバーの私服が見られないという点だ。

ひよりに関してはよく見ているから別として、唯先輩や紫藤先輩、それに双葉さんの私服は見てみたかったな。

あ、唯先輩の部屋着は見たことあるか。

なんたる優越感。履歴書に書いてやりたい。

「……それにしても、暑すぎないか？」

俺は道を歩きながら、天を仰ぐ。

汗がとめどなく湧き出てきて、すぐにでも干からびてしまいそうだ。

しかも俺は今、筆記用具などが入っているバッグの他に、とある物を皆に振る舞うためにクーラーボックスを肩から下げている。

これが重いのなんのって。

まあこれを下げているのは俺の勝手だし、文句を口に出すことはしないんだけど。

しかし幸いなことに、地獄というのも永遠に続くというわけではないようで、間もなく目の前に我らが鳳明高校の校舎が見えてくる。

ゴールが見えた途端不思議と足も速くなり、俺はすぐ校内へと飛び込んだ。

廊下も――――別に暑くないわけではないけど、少なくとも外よりはマシ。

俺はそのままの足で、生徒会室へと向かう。

「おはようございます！」

そして集合時間の十分前に到着した俺は、そんな挨拶と共に生徒会室の扉を開けた。

「花城先輩……おはようございます」

「あれ、双葉さんだけ？」

返ってきた挨拶は一つだけ。

机で夏休みの課題を進めていたであろう双葉さんは、問題集をパタンと閉じて一つ頷いた。

「はい。後輩の私が一番に来て色々準備した方がいいかと思って」

「わぁ、しっかりしてるなぁ」

よく見たら、普段俺が紅茶を淹れるために使っているカップやポットがすでに準備してある。

これだけでも十分ありがたい。

「体育会系の宿命ってやつかな？」

「ひより先輩にその辺りの礼儀はたくさん仕込まれているので」

「礼儀とか教えられるんだ……あいつ」

礼儀のある人はまず俺に対して拳を放ったりはしないと思うんだけど。

親しき仲にも礼儀ありと言い聞かせてやりたいところだが、まあ仕方ない。

俺もツッコミ待ちしているしね。

「花城先輩こそ、もう少し時間にルーズな方かと思っていました」

「実はこれでも今日に至るまで無遅刻無欠席を貫いているからね。それに、女子との待ち合わせに俺が遅れていくわけにもいかないでしょ？」

「別に少しくらい遅れてもいいと思いますが……」

まあ、実際双葉さんの方が早く着いていたわけだし、この時点で俺のこだわりは破綻したわけだが。

あくまでこれはそういう心構えをしておきたいという話。

要はただのかっこつけだ。

「……」

「……」

不思議な沈黙が、俺たちを包む。

今更だけど、俺から見た双葉さんは〝幼馴染の後輩〟で、双葉さんから見た俺は〝先輩の幼馴染〟だ。

直接的な繋がりはこうして生徒会の役員になったことでようやく出来上がったもので、関係自体はまだまだ浅い。

俺としてはそんなこと関係なく仲良くしていきたいけど、普段から静かな双葉さんの気持ちは読み取りにくく、迂闊に動けないというか。

ただこうしていたって仕方ないし、時には思い切って踏み込むことも大事だ。

そしてあわよくばこの可愛らしい後輩とひと夏の思い出を――。

「先輩」

「ふぇ？」

こっちから何か話を振ろうと思っていたところ、逆に声をかけられてしまったことで素っ頓狂な反応になってしまった。

「……ごほんっ。何かな？」

これでは格好がつかんということで、俺は咳払いを一つこぼして先を促す。

「あ、いえ……先ほどから神妙な面持ちでこちらを見ているように思えたので、もしかしてよからぬ妄想をしているのではないかと」

「……」

どうして分かるの!?　という言葉を、俺は必死に呑み込んだ。

それを口にしちゃったらやましいことを考えていたという証拠になってしまう。

だから俺はここで慎重に言葉を選ぶことにした。

「まさかぁ。俺が後輩と仲良くなってあわよくばひと夏の熱い青春を送ろうとしている下心満載の馬鹿男に見える？」

「はい」

「う〜」

唸り声しか出なかった。

「先輩、夏は好きですか？」

「え？」

突然そんな詩的な問いかけを受けて、俺は驚く。

もしやこれは何か俺を試しているのだろうか？

ここで素直に好きだと言えば、「どうせ女性の薄着や水着姿が見られるからでしょ？　この卑しい変態が」って思われてしまうかもしれない。

後輩にそんな風に思われたら、心が痛くなってしまう。

ここは慎重に答えるべきだろう。

「そうだなぁ……夏の開放感みたいなのは嫌いじゃないよ。暑いのは苦手だけど、やっぱり皆の顔も明るく見えるっていうかさ」

「なるほど。つまり夏の暑さと開放感で薄着になりがちな女性がたくさん見られるから好きなんですね」

「う〜」

再び唸り声しか出なかった。

図星なんだもん、全部。

後輩に詰められ、言い返すこともできないちょっと惨めな俺――。

「でもよく分かったね、俺がそんなこと考えてるって」

「……なんとなくそう思っただけです」

「そっか、そうだよね。双葉さんも俺と同じこと考えていたから分かったのかなーって思ったんだけど、さすがに違うよね」

「……」

「……」

黙ってしまった。

どうやら双葉さんは図星を突かれると黙ってしまうのが癖らしい。

しかし、さすがのムッツリさ。

下ネタに向けられた情熱は俺と大差ないかもしれない。

ただ、いささかこの沈黙はよろしくない気がする。

なんだか悪いことをしてしまった気分だ。

そんな俺への助け舟か、はたまたその逆か。

部屋の外から人の気配がして、見慣れた顔が姿を現した。

「おお！　早いな、椿姫に夏彦」

「唯先輩……」

「アリスと一緒に来たんだが、そこでひよりとも合流してな。全員無事に集合できて何よりだ」

我らが生徒会長を筆頭に、紫藤先輩、そしてひよりが姿を現す。

助かった、これなら今まで以上の辱めを受けずに済みそうだ。

俺はひとまず新たに来た三人の方へと視線を向ける。

「おはようございます！　紫藤先輩、もう体調の方は大丈夫なんですか？」

「ええ、心配をかけたわね。もうすっかり良くなったわ」

そういう紫藤先輩は、確かに元気そうだ。

夏休みに入ってからまだ数日しか経っていないが、その間はゆっくり休むことができたらしい。

ただ――――。

「……そんなに見つめなくても、もう変に無茶なことはしないわ。皆を心配させちゃうし」

「それならよかったです」

俺の考えなんてお見通しか。

これまで紫藤先輩は自分の体調を犠牲にして生徒会業務に精を出してきた。

だからこそ、夏休み一歩手前で体調を崩してしまった。

今後はもうそんな目には遭わせない。

それが夏休みに入った時に決めた、ひそかな俺の決意だった。

「ちょっと夏彦。二人っきりの時に椿姫に変なことしてないでしょうね？」

「嫌だなぁ、ひより。俺がそんなひどいことするような奴に見える？」

「……ま、あんたにそんな度胸ないか」

「あはは、そんな褒めたって何も出ないよ？」

「褒めてねぇわよ」

「口調がおかしくなってる……」

「夏の暑さのせいね。別にあんたへの嫌悪感が強すぎて変になったわけじゃないわ」

「だとしたらそんな蛆虫を見るような目で俺を見ないでほしいんだけどなぁ」

ちょっと癖になっちゃいそうだし。困ったなぁ。

「ほら、じゃれ合いもそれまでにして。そろそろ会議を始めるわよ」

紫藤先輩が仲裁に入り、俺とひよりのおふざけは終わる。

そしてそれぞれがそれぞれの席につき、いつもの光景が出来上がった。

「夏休みというのによく集まってくれたな、皆」

会議の始まりは、そんな唯先輩の言葉からだった。

「今日集まってもらったのは他でもない。夏休み中の生徒会活動について話すためだ」

「夏休み中の活動？」

「夏彦たちは初めてのことになるだろうから、きちんと説明しておかなければならないと思ってな」

そう言いながら、唯先輩は紫藤先輩に目配せする。

紫藤先輩はホワイトボードの前に移動すると、そこに大きく文字を書き始めた。

「夏休み中の大きな議題、それは体育祭運営についてだ！」

ホワイトボードを大袈裟に叩き、唯先輩は告げる。

「我が校の生徒の中には、受験のストレスや日々のレベルの高い授業に鬱憤を溜めている者も多い。彼らの気分をリセットさせるためにも、体育祭を素晴らしい行事にしなければならない」

「基本みんな真面目だし、手を抜く生徒も少ないものね。先に言っておくけど、受験のストレスを発散するために上級生の方が毎年ガチになりやすいわ」

唯先輩と紫藤先輩の説明を聞いて、俺は去年の体育祭を思い出す。

当時一年生だった俺は、三年生たちの真剣な顔を見て驚いた。

体育祭自体、割と熱量に差が出る行事だと思っていたのだけれど、かなり意識が統一されていたことを覚えている。

学業のストレスをそこにぶつけようとしていたと聞けば、まあ納得だ。

「我々生徒会は、業務としてあらゆる行事の運営にも携わる。体育祭に関しても、種目やスケ

体育祭運営

ジュール決めまで、大部分が我々の担当だ。これは生徒会業務の中でも、かなり大きな仕事と言える」

思わず感嘆の声が漏れそうになった。

生徒会に属してからまだ日は浅いけれど、思ったよりもやることが増えずに拍子抜けしていたのだ。

苦難上等とまでは言わないけれど、忙しくなるのは大歓迎である。

「夏休みを使って、私たちはスムーズな、そして安全な体育祭を開催できるよう話し合いを重ねる。運営を任されているということは、同時に責任も背負わなければならないということ。この業務は鳳明高校生徒会の避けられぬ伝統だ。皆、心して取り組んでほしい」

普段俺たちの前では無邪気に笑う唯(ゆい)先輩も、今日ばかりは人前に立つ時の顔をしていた。

伝統か、それは確かに汚すわけにはいかない。

おちゃらけていることが多い俺も、この夏はおふざけゼロでいこうと思う。

……本当だよ？

「種目決めとかまでウチらでやるのか……去年は八重樫(やえがし)センパイと紫藤(しどう)センパイの二人で運営してたんですよね？　どんな感じだったんですか？」

「そうね……どう話せばいいかしら。とにかく死に物狂いだったからあんまり覚えてなくて」

「どんな夏を過ごしてたんです……？」

紫藤先輩があまりにも遠い目をするものだから、さすがのひよりもめちゃくちゃ不安そうな顔をしている。

世紀のポンコツこと八重樫唯を一人で抱えて、体育祭を含めた色々な行事の運営に関わる――。

それがどれだけ大変か、俺なんかじゃ想像もつかない。

「過去の話は置いておいて……これから私たちは、夏休みをフルに使って誰もが楽しめる理想の体育祭を作るの。去年と違って今年は五人態勢で臨むことができるし、きっといい行事にできるわ」

紫藤先輩は切実な目を俺たちに向けている。

先輩としてすごくいいことを言っているように聞こえるんだけど、あまりにも目に余裕がなさすぎてこちら側にはあまり発破がかかっていない。

俺たちの夏休み、一体どうなっちゃうんだろうね。

まあ、ある意味楽しみでもあるか。

「今日からもう打ち合わせするのですか？」

「いい質問だな、椿姫。その通り、体育祭の話は早速今日から詰めていくぞ」

俺たちの下に、紫藤先輩から一枚のプリントが配られる。

そこには徒競走や玉入れ、障害物競走など、ザ・体育祭といった感じの競技が並んでいた。

「そこに書かれているのは、これまで体育祭で行われてきた競技たちよ。運営が種目を自由に決められるといっても、なんでもありだと収拾がつかなくなるでしょ？　だから基本的にはこの中から選ぶのよ」

「なるほど……」

俺は改めてプリントに目を落とす。

綱引き、棒引き、棒倒し、大玉転がし。

騎馬戦や組体操、応援合戦。

中々面白そうなラインナップだ。

上手くバラけさせれば、運動部じゃなくても楽しめる構成にできる気がする。

「……ん？」

しかしそれらのラインナップの中に、一際異彩を放つ競技名が混ざり込んでいた。

「あの、この〝告白大合戦〟ってなんですか？」

「ああ……それは――――」

俺の問いに答えようとした紫藤先輩の視線が、唯先輩に向けられる。

すると唯先輩は堂々と腕を組み、何故かドヤ顔をした。

「よくぞ聞いてくれた！　これは私が発案した画期的な体育祭の競技！　告白大合戦！」

「は、はぁ……」

「ルールは単純。素晴らしい告白をした者がいるクラスが優勝だ。内容は愛の告白でも、今までずっと秘密にしてきたことでもなんでもいい。他の者を『わぁ！』とさせることができれば勝利！　ほら、面白そうな競技だろう？」

「……」

「生徒たちの日頃溜まった不満を聞くことができるかもしれないし、盛り上がること間違いなしだな」

うんうんと頷きながら、唯先輩はしみじみと語る。

どうやら先輩は本気でこの競技が面白いと思っているらしい。

まあ運動が苦手な人からしたら体を使わなくていい競技は楽だろうけど、これに関してはもうそういう問題じゃないだろう。

体育祭というか、どちらかといえば文化祭向けのイベントだ。

「唯、その競技は去年却下したのを忘れたの？」

「去年却下されたとしても、今年は分からないだろう？」

「駄目。今年も却下よ」

「えぇ⁉」

唯先輩は心の底から驚いているようだ。

俺としては何故却下されたのか分からないことが不思議でならないんだけど……。

「ウチもこれは頷けないですね……体育祭全然関係ないし」

「私もひより先輩に同意します」

後輩二人から否定的な意見をくらい、しょぼんと落ち込む唯先輩。

全否定は可哀想だけれど、正直擁護できない。

「よく見たら手書きで付け足してあるし……だから印刷を買って出たのね。こんな競技、元々表の中に入っていないもの」

「うっ」

「この競技は却下よ。いいわね？」

「……仕方あるまい」

よかった、引き下がってくれた。

それにしても、唯先輩には謎の行動力がある。

プリントに書かれた告白大合戦の文字は他の打ち込まれた文字に限りなく寄せてあるし、行の間隔なども合わされておりだいぶ小賢しい。

元々採用できないとはいえ、会長権限で駄々をこねないところはありがたいけれど。

「まずはそれぞれ何を種目に入れるべきか意見を出し合いましょうか」

「あ、じゃあその前に……」

「どうしたの？　花城君」

俺は椅子から立ち上がり、持ってきたクーラーボックスを開けた。

中から溢れ出したひんやりとした空気を感じ取り、皆は箱の中を覗き込む。

「氷？　あんたこんな物わざわざ持ってきたの？」

「うん。もう夏真っ盛りだし、これから淹れる飲み物はホットじゃなくてアイスにしようと思ってね」

「ふーん、気が利くじゃない」

「……」

「？　何よ」

「なんか、ひよりに普通に褒められるとムズムズするね」

「普通に褒めたら複雑そうな顔をして、罵倒されたら喜ぶのマジでやめてもらえる？」

無理だよ。〝癖〟だもん。

「アイスティーにしてくれるってこと？　確かにそれはありがたいわね」

「すぐに用意しますよ。暑い夏にぴったりなやつを」

紫藤先輩の期待に応えるためにも、とびっきり美味しいアイスティーを淹れねば――。

そのために必要なのは、質の良い茶葉。

普段なら良い茶葉を使うってだけでハードルが高く感じられるものだけど、これに関しては唯先輩が生徒会権限で良い物を仕入れてくれているため、特に問題ではない。

そしてもう一つは氷。

茶葉からアイスティーを淹れようと思ったら、まず濃い紅茶を作る必要がある。

そして大量の氷でそれを冷やすのだ。

この時氷をケチろうものなら、紅茶はやたら薄まるわ大して冷えないわでいいことがない。

だからこそ俺はちゃんとコンビニで大容量の氷を買ってきた。

「よいしょっと……」

氷をグラスに入れ、その傍らで茶葉に熱湯を注ぐ。

いつもはティーバッグを使って淹れるけど、今日はこれをフィルターで濾して使う。

グラスに注がれた熱い紅茶は、溶けた氷と混ざりちょうどいい濃さへ。

人数分のアイスティーを淹れた俺は、それを持って振り返る。

「はい、できました——って、どうしたんですか？」

「「「……」」」

振り向くと、そこには俺の方をじっと見つめている生徒会の面々がいた。

作っている間もずっと見られていたのだろうか？

何よ、恥ずかしいわね。

「いや、上手く淹れるもんだと思ってな」

「そうね、紅茶を淹れてる時はまるで別人みたい……」

紫藤(しどう)先輩のそれは果たして褒め言葉なのだろうか？

……まあいいか。俺が褒め言葉だと思えば褒め言葉なのだ。

ここは思う存分ニヤケておこう。

「ほら、ひよりも飲んで飲んで。俺が淹れた紅茶だよ」

「キモ」

「え、シンプルな罵倒？」

「ごめん、口が滑った」

普段は謝らないひよりが、素直に謝ってきた。

きっと本当に口から滑り出た言葉だったのだろう。

だからこそ胸が痛い。涙が出そう。

「でもま、あんたが淹れる紅茶に関してはウチも褒めておくわ」

そう言って、ひよりは俺から紅茶を受け取る。

他の皆も続々と俺の手から紅茶を受け取り、口をつけてくれた。

うん、嬉(うれ)しいね。美少女たちが俺の淹れた紅茶を楽しんでくれているというだけで、生きててよかったと思える。

「さて、美味しい紅茶をいただいたところで、改めて本題に戻りましょうか」

飲み物片手に、俺たちは再び席につく。

「選ばないといけないのは、今年の種目。おおよそ……そうね、一日十種目くらいにしましょう」

「十種目かぁ……」

オーソドックスなところで言えば、やはり徒競走は外せない。

バラエティさが欲しかったら、借り物競走とか、借り人競走とか。

激しさが欲しかったら、騎馬戦も必要に思える。

「徒競走は毎年必ず種目に入っているから、ここは確定にしておきましょう」

紫藤先輩がホワイトボードに徒競走と書き込む。

「去年は騎馬戦があったな。あれは盛り上がった覚えがあるぞ」

唯先輩の言う通り、去年の騎馬戦はかなり盛り上がった。

忘れられてしまっているかもしれないが、唯先輩はポンコツではあるものの、勉強と運動はめちゃくちゃできるのだ。

故に起きたことが、騎馬戦における八重樫唯無双。

十対十の騎馬同士のぶつかり合いで、相手陣営を一瞬にして全滅させたあの光景は、今でも鮮明に覚えている。

「うーん……唯がいる以上、騎馬戦は外せないわね。また去年みたいな熱戦を頼むわよ」

「任せておけ。今年も私が全員倒してやる」

ふんすっ、と唯先輩は意気込んでいる。

それにしても、女子の騎馬戦は本当に見物だ。

可愛らしい女子たちが本気でぶつかり合う光景は、まさしくキャットファイト。

攻撃的な女子たちには、普段とは違う魅力があると俺は思うのだ。

「……なんでこっち見てんのよ。まさか、また気持ち悪いこと考えてるんじゃないでしょうね？」

「失礼な！　気持ち悪いことなんて考えてないよ」

「じゃあその伸びきった鼻の下は何？」

「おっと、騎馬戦で服を引っ張られた時に見えるお腹や鎖骨のことを考えたら思わぶっ――――」

言い切る前に、気づいたらツッコミ用の拳が顔にめり込んでいた。

最近はもう目で捉えることすらできなくなってきた気がする。

この調子なら次の大会も優勝だね。

「ちゃんと気持ち悪いじゃないのよ」

「ごべんなさい」

我ながら気持ち悪いことを考えてしまった自覚はあるので、ここは素直に謝罪である。

「大丈夫か、夏彦……相変わらず顔がめり込んでしまっているが」

「あ、大丈夫ですよ。唯先輩が心配してくれただけで元気百万倍ですし！」

「ううむ……せめて顔を直すのを手伝おう」

「それはぜひお願いします」

唯先輩に後頭部を叩いてもらう。

これで凹んだ顔面をぽこんっと出してもらう寸法だ。

気分はさながら潰されたペットボトルのよう……。

「他に入れたい競技はないかしら？　椿姫ちゃんも遠慮なく言っていいのよ？」

見事なスルーをかまして、紫藤先輩は双葉さんに話を振る。

なんだろう、受け入れられているというのもそれはそれでちょっと寂しいかもしれない。

「そうですね……棒倒しはどうでしょうか？」

「好きな競技なの？」

「いえ、そういうわけではないのですが……棒倒しならひより先輩の独壇場なのではないかと思いまして」

そう言って、双葉さんはひよりを見る。

「え、ウチ？」

「ふふっ、そういう特権の活かし方もいいわね。棒倒しは競技としても面白そうだし、候補に入れておくわ」

ホワイトボードに、棒倒しの文字が足される。

双葉さん、なんて健気な後輩だろう。

確かに棒倒しとなれば、間違いなくひよりの独壇場だ。

その気になれば全員なぎ倒して悠々と棒を倒すこともできるだろうしね。

「花城君は？　何かない？」

紫藤先輩が話を振ってくれた途端、俺は待ってましたと言わんばかりに声を張り上げる。

「借り人競走！　これは間違いなく入れるべきです！」

「そ、その心は？」

「ワイワイ騒ぐ競技としてはもってこいですから！　それにお題に〝好きな人〟なんて入れようものなら、絶対に盛り上がります！」

〝好きな人〟を引いた女の子が、憧れの先輩を連れてゴールへと走る――――。

その逆も然り。

ああ、なんて最高な青春。素直に俺はそれが見たい。

「借り人競走は去年なかったな」

「そうね……確かに盛り上がりそうだし、これも入れておきましょう」

俺の提案した借り人競走がホワイトボードに足される。

自分の提案が通るって嬉しいね。雑務である俺は普段ほとんど会議に加われないから、こういう小さなことでも結構嬉しい。

「……ちょっと意見いいですか？」

「どうぞ、ひよりちゃん」

珍しく手を挙げたひよりが、口を開く。

「借り人競走だと、コミュニケーションが苦手な人が苦しむことになるんじゃないかなって。だから借り物競走しておいて、その中に〝○○な人〟って感じで交ぜるのはどうかなって思うんですけど」

「ひ、ひよりにしてはだいぶまともなことを……」

「ぶっ飛ばすわよあんた」

眼光は鋭いが、言っていることはかなり的を射ている。

確かに俺はその辺りの配慮が欠けていた。

これだけの生徒がいるのだから、話しかけることが苦手な人だっているだろう。

そうなると中々楽しめない人だって出てくる。

もちろん全員が必ず楽しめるイベントを実現するなんて途方もない話であることは理解しているけれど、それでも運営に関わる生徒会として、そういった姿勢だけでも見せておくことは重要だ。

「ただまあ……ある程度確率が下がるだけで、それでも〝○○な人〟を引いてしまうようなら、そこは運がなかったって話になっちゃいますけど」

「そのくらいは仕方ないわ。人間の方が借りやすい人もいれば、物の方が借りやすい人もいる。ある意味それは平等だもの。じゃあここは借り物競走にしておきましょう。物も人もオーケーってことで……」

紫藤先輩の手で、ホワイトボードの文字が書き換えられる。

「っと、じゃあひよりちゃん自身は？　何か入れたい競技はある？」

「そうですね……玉入れとかいいんじゃないですか？　運動が苦手な人でもできるし」

「なるほどね。確かにそういう競技も必要ね」

ひよりの意見も通り、ホワイトボードには徒競走、騎馬戦、棒倒し、借り物競走、玉入れの五種目が並んだ。

これでまだ半分。

ここからさらに候補を捻り出さないといけない。

「そうだ、今年も応援合戦はあるのか？」

「ああ、一応伝統だし、入れておいた方がよさそうね。まあ競技とはあんまり関係ないけど」

応援合戦と、紫藤先輩は他の種目とはまた別の場所に書き記す。

ううむ、応援合戦か。

頭の中に浮かび上がってくる、女子たちのチアリーダー姿。

いいよね、チアリーダー。

短いスカートから見える健康的な太もも。

ぜひとも間近で拝みたい。

「……また鼻の下が伸びてるわよ」

「あれ、殴らないの？」

これは拍子抜け。

いつもなら何妄想してるのよ！　って拳が飛んでくるところなのに。

「そんなツッコミのたびに殴ってたら、ウチが暴力女だと思われるじゃない」

「もう手遅れだと思うけど……」

「そういうデリカシーのないところが彼女ができない原因なんじゃない？」

「……」

「……ごめん、冗談。冗談だから」

あのひよりが、珍しく素直に謝ってきた。

なんだよ、可愛いところもあるじゃんね。

――あれ、なんだろう、この目から流れ出るものは。

「花城（はなしろ）先輩、これで涙を拭いてください」

そう言いながら、双葉（ふたば）さんがポケットティッシュを手渡してくれる。

「あ、ありがとう……双葉さん。俺はいい後輩を持って幸せだよ」

「大丈夫です。いくら花城先輩でも、いずれ恋人くらいできると思います」

「全然フォローになってない！」

いくらは余計だよね、さすがに。

でも双葉さんの「あれ？　何か間違えたかな？」って感じで首を傾げている姿はとても可愛らしいので、許す！

本当にフォローする気はあったみたい。ありがとうね。

「花城君に彼女ができるかどうかは置いておいて……最低でもあと四種目は今日中に決めちゃうわよ。その先も話し合わないといけないことはたくさんあるんだから」

紫藤先輩の言葉に対し、各々が返事する。

今日の会議はだいぶ長引きそうだ。

いいね、大歓迎です。

それから少し経って、新たに大玉転がし、クラス対抗リレー、選抜リレー、障害物競走が追加された。

大玉転がしはちょっと子供っぽすぎないか、という意見も出たけれど、大人になったらもうやる機会はないだろうということで、そのまま追加されることになった。

　確かに大人になったら体育祭なんてやることはないだろうし、今しかできないことを全力で楽しむというのは悪いことではないと思う。

「とりあえずこの十種を基本としてやっていくわよ」

「こう見ると、やっぱり去年とそう代わり映えしないですね……」

「うーん、花城君の言う通りではあるけど、さすがにできることとできないことがあるし、大きく変えるわけにもいかないから」

「まあ、そりゃそうですよね」

　二年生である俺やひよりは、もちろん去年の体育祭を経験している。

　ここにある種目たちは、去年もやったものばかり。

　ただ、じゃあ代わりに何をする？　と聞かれて答えられないのも事実。

「クラスが替われば、競技の結果もまた変わってくるはずだ。新鮮さはそういうところからでも生まれてくると私は思うぞ」

「ゆ……唯がそんなまともなことを」

　とてもいいことを言った唯先輩を見て、紫藤先輩が目を見開いて驚いている。

　失礼かとは存じますが、俺も同じことを思いました。

「そうなると考えなきゃいけないことって、チームの分け方ですよね。去年は学年別のクラス単位だったっけ……」

「ええ、そういう形式にしたはずよ」

ひよりの言う通り、去年はそれぞれの学年の中でどのクラスが一番かを決めていた。

まさしくオーソドックスと言えるだろう。

というか、それ以外の形式があるのだと今驚いている。

「たとえば、全学年合同のクラス単位――つまり一年から三年のA組を一つのチームとして、うちは各学年とも八クラスあるから、計八チームで競技を進めていくという方法があるわ」

「へぇ……！」

「これだと先輩や後輩の競技を応援する理由ができるし、学年関係なく交流を深めるきっかけにもなると思う」

面白い仕組みだ。

紫藤先輩の言う通り、先輩後輩を応援する必要性が出てくるし、何より得点集計が楽になる。

去年は三学年分、つまりは二十四チーム分の集計をしなければならなかったところ、今年は三分の一の八チーム分でよくなるのだから。

「質問です」

「はい、椿姫ちゃん」

「その形式でいくと、競技に出る人員はどう選ぶのですか？」

「基本選抜形式で問題ないと思っているわ。クラスごとに誰がどの競技に出るか決めて、三学年合同のチームにまとめるつもりよ」

「なるほど」

去年は学年によって出られる競技が違い、そこからまた出場選手をクラスで選ぶ形式だった。リレーや徒競走は全学年共通で、三年生は玉入れと棒倒し、二年生は騎馬戦と借り物競走、一年生は大玉転がしと綱引き――といった具合である。

それを今年は、どの競技にも全学年が出場できるようにするということらしい。

ただしこれだと、ひと学年から出られる人数はかなり絞られる。

そうなると問題になるのは……。

「どうした？　夏彦」

「いや、それだとクラスメイトの結束みたいなものが薄れるんじゃないかと思いまして……」

他学年と一緒に、クラスの選抜メンバーが競技に出る。

確かにこれだと全学年を通して協力し合えるいい形式に思えるけど、肝心なクラス内での協力というものが薄れてしまうような気がした。

「ウチは紫藤センパイが言った形でいいと思います……全学年を通して競技に参加するっていうのは悪いことじゃないと思うんで」

「一応その心を聞いてもいいかしら？」

「ほら、自分たちだけで挑むと負けた時にダイレクトに辛くなるじゃないですか。勝ち負けにこだわりすぎる必要はないとはいえ、気になるもんは気になりますし。だけど他の学年と一緒に競技に参加すれば――」

「ああ、負けても罪悪感が薄れるわね」

「あんまり褒められた考え方じゃないのは分かってますけど、結局他学年なんて部活以外で大して関わらないですし、クラスメイト同士の不和が生まれない方が重要かなって」

ひよりの言葉は、一理どころか百理あるように聞こえた。

誰のせいで負けたなんて問答は、わだかまりを生むばかり。

ましてやクラスメイトの間でそんなものが生まれようものなら、その後の学校生活で誰かが嫌な思いをする。

それなら、わだかまりが生まれるほど関係が出来上がっていない他所に対して、負の感情を向けてしまった方がいい。

その程度の負の感情なら、時間が経てばすぐに忘れてしまえるだろうから。

「……という意見もあるけれど、花城君はどうかしら？」

「そういうことなら納得です。俺も確かにって思いました」

「うん、じゃあ私の提案した形でいかせてもらうわね」

いやぁ、この話し合っている感、なんだかたまらないね。

自分の意見を遠慮なく言えて、人の意見を頭ごなしに否定しない環境。

本当に生徒会に入れてよかった。こんな美少女ばっかりに囲まれて、俺は幸せです。

「次の議題は……そうね、点数配分かしら。とはいえここは選抜リレー以外統一でも問題ないと思ってるのだけど」

そんな紫藤先輩の提案に関して意見を言う人はいなかった。

一位は五十点、二位は四十点……といった感じで、順位が下がれば下がるほどもらえる点が少なくなる方式。

これで最終的にどのクラスがもっとも点を取れたのかを決める。

さすがに今以上に分かりやすい勝敗の決め方は思いつきそうにない。

「紫藤センパイ、これでプログラムの方はもう大体決まったと思うんですけど、他にやることって何かあるんです？」

「とんでもなく大きな仕事が、まだ残っているわ」

「とんでもなく大きい仕事？」

ひよりに問われた紫藤先輩は、黒い笑みを浮かべた。

確かに笑顔なんだけど、目が笑っていないというか、なんかそんな感じ。

ああ、多分まともなことじゃないんだろうな――。

「細かいプログラムが決まり次第、競技の安全度や公平さが確保できているかどうかを確かめるために、私たちだけで予行練習するのよ」

「……はい？　紫藤先輩……い、今なんて？」

「だから、予行練習よ」

紫藤先輩が言ったその言葉は、俺たちにとってあまりにも馴染みのないものだった。

体育祭の予行練習とは、一体？

「えっと……この人数で、ですか？」

「ええ、そうよ」

「……」

「不可能、って思ってるでしょ」

「そ、そりゃまあ」

俺たちが選んだ種目は、どれもある程度の集団で行うものばかり。

個人競技なんて徒競走くらいだろうか。

あとは少なからず人数が必要になってくる。

到底五人ぽっちじゃ検証にもならないと思うんだけど——。

「すべて検証するのはさすがに不可能よ。だから私たちがやることは、競技に使う道具がどれくらいの強度か、怪我をするとしたらどういうきっかけが多くなりそうか、そういう部分を真剣に洗い出すの」

「それってもしかして……ウチらが知らないだけで、生徒会の伝統だったりします？」

「そうね、毎年恒例よ」

「ウチらの学校の生徒会は何をやらされてるの……」

ひよりが頭を抱える理由もよく分かる。

今年初めて生徒会に入った俺たちには、まるでその仕事が想像できていない。

「……皆が戸惑う気持ちもよく分かるわ。私も最初この仕事を与えられた時はすごく困ったもの。でも、この仕事は本当に大事なものなのよ」

「そ、それはどうして……？」

「体育祭で誰かが大怪我を負った時、その責任は誰が取ると思う？」

「……教師では？」

「その通りよ」

ああ、よかった。

まさか生徒会が責任を負う必要があるのかと――――。

「ついでに、私たちも責任を問われるわ」

「やっぱり！」

嫌な予感が的中した。

「細かい怪我は付き物だから仕方ないとしても、生徒会が企画運営した体育祭で誰かが大怪我を負ったとなれば、私たちが競技の危険性を見落としたという話になってしまうのよ」

「だいぶ理不尽な話では……？」

「だからこそイベントの内容を自由に決めることができるし、校則にだって口を出せる……特権と責任は釣り合っているわね」

　言われてみれば、そういう考え方もできるかもしれない。

　っていうか、生徒会は校則にまで口を出せるのか。

だとしたら女子のスカート丈は膝上十五センチ以上とか言っても採用してもらえるのかな？

「できないわよ。最終判断は教師だから」

「紫藤(しどう)先輩まで俺の心を読んでる⁉」

「だって顔に書いてあるもの」

　明日からマスクつけて過ごそうかな。

「夏彦(なつひこ)のことだし、どうせ『女子のスカート丈は膝上十五センチ以上とか言っても採用してもらえるのかな？』とか考えてたんでしょ。ほんとくだらないわね」

「くだらないって言わないで！　俺にとっては大いなる夢――って、なんでそんな一言一句ぴったり当てられるの？　もしかして俺のことが好きだったり……しないですよね」

「よくそこで言葉を止めたわね。じゃないとあんたの頭を粉々にしているところだったわ」

「そ、そこまで否定せんでも……」

ひよりの拳からこれまで聞いたことのない骨の鳴る音がしていた。

あのままならもしかすると、本当に頭を砕かれていたかもしれない。

しばらくおいたはやめておこう。

まだ俺はこんなところで死ぬわけにはいかないのだ。

「……あれ？」

そんな中、俺に一つの疑問が浮かぶ。

「？　どうしたの？　花城君」

「そういえば年度頭にクラスで体育祭実行委員を決めたと思うんですけど、その人たちは何をするのかなって」

ここまで生徒会が色々動くのであれば、わざわざそんな役職を決めておく必要もないのではなかろうか。

「体育祭実行委員は、私たちが検証した結果を参考にして当日の進行を担当してくれるのよ。実行委員との顔合わせと注意事項などの共有が済めば、こちらの仕事はほとんど完了と言っていいわ。まあ、当日も仕事がないわけじゃないけどね」

「へぇ……なるほど」

さすがにすべてがすべて俺たちの仕事ではないというわけか。

それを聞けて少し安心した。

「それでもだいぶ忙しいとは思うけど、生徒会の伝統を守るためにも、夏休みは何度か集まってもらうわ。皆……よろしく頼むわよ」

紫藤(しどう)先輩の言葉に、俺たちは頷く。

この様子だと、今年の夏は本当に忙しくなりそうだ。

うん、悪くない。

去年みたいな暇で暇で仕方ない夏なんかより、よっぽどマシだから。

この青春にはウラがある！ 2

KONO SEISHUN NIWA URA GA ARU!

PRESENTED by KAZUHA KISHIMOTO and Bcoca

[著] 岸本和葉

[イラスト] Bcoca

第二章　今年のトレンド、後輩と幼馴染

「私たちはこの後先生に会議の内容を報告して帰るが、他の皆は解散で大丈夫だ」

「また次の活動日によろしくね」

そう言い残して、唯先輩と紫藤先輩は職員室へと向かった。

残されたのは俺とひより、そして双葉さん。

「椿姫、この後は予定通りで大丈夫？」

「はい、問題ありません」

おっと、どうやらひよりと双葉さんにはこの後予定があるようだ。

やることがない俺は、このまま帰宅する他ない。

少し寂しいけど、男子一人という環境が持つ宿命だ。

「あ、夏彦、あんたこの後暇でしょ？」

「決めつける前に一回くらい暇か聞いてよ」

「でも暇でしょ？」

「はい、暇です」

もちろん暇ですけど、何か？

「これからウチら夏服買いに行くんだけど、ちょうどいいからあんた荷物持ちとして付き合いなさい」

「え⁉　いいの⁉」

「……荷物持ちしろって言われて喜ぶ男、あんたくらいなんじゃないの？」

女子の買い物に付き合える喜びが分からないなんて、この世の男たちはもったいないことをしている。

これから彼女たちが身につける洋服を一番に見ることができるというだけで、ウン百万の価値があるのに。

「でも双葉さんは俺がいていいの？　元々二人で行く予定だったんでしょ？」

「私は問題ありません。それに前もってひより先輩から、花城先輩が暇そうなら連れて行くと伺っていたので」

「あ、そうなの？」

ひよりの方を見てみると、彼女はどこか照れ臭そうにそっぽを向いた。

「どうせ暇ならウチらが有効に使ってやろうと思っただけよ。別に最近あんたと買い物に行ってないなーって思ったわけじゃないし」

「うわぁ！　天然物のツンデレだ！」

「ぶっ殺してやる――――あ、遅かった」

「ご、ごどばよりも（言葉よりも）……でがばやいどば（手が早いとは）……」

顔面に叩き込まれたその拳は、今までのどんな拳よりも早かった。

もしかすると音速を超えていたんじゃなかろうか。

じゃあもうひよりに敵う奴いないじゃん。

俺の幼馴染が最強無敵な件について。

「素晴らしい正拳突き……ひより先輩の強さの真髄を見た気がします」

「ありがとう、椿姫。あんたも思う存分夏彦を殴るといいわ。いい練習になるから」

「分かりました」

まずい、俺をサンドバッグにする子が一人増えてしまった。

……まあいいか、そこに愛があるなら。

「双葉さんがいいなら、お言葉に甘えて付き合わせてもらうよ。荷物持ちなら任せてほしい。両腕がちぎれるまで役目を果たすよ」

「キモい超えて怖いわ」

ひよりはドン引きした様子でため息を吐き出す。

「はぁ……買い物に行く前にウチらは空手部に用があるから、あんた少しだけ待てる？」

「もちろん」

「じゃあ下駄箱で待ってて。すぐ行くから」

ぺこっと俺に向けて会釈した可愛らしい双葉さんを引き連れて、ひよりは体育館の方へと向かった。

俺は言われた通り下駄箱の近くの壁に背中を預け、二人を待つことにした。

「……あれ？」

スマホをいじろうとポケットから取り出した瞬間、聞き覚えのある声が耳を揺らした。

しかしこの感じ、なんかちょっとデジャヴな気が。

「ダーリンじゃん♡　こんなところで奇遇だねっ」

「……ルミ」

「なんで厄介者を見る目であたしを見てんだよ」

そこにいたのは、俺のクラスメイトである榛七ルミだった。

誰にでも優しい学校一のモテ女。

――――と思っているのは、その本性を知らない俺やひより以外の人たちだけ。

彼女の正体は、学校中の男を自分の支配下に置こうとする魔性の女である。

「ほら、お前の大好きな美少女だぞ。喜べよ」

「喜んではいるよ。でもルミの魅力に堕ちたらなんか負けた気がするから」

「負けていいだろうが！　じゃないとあたしが負けたみたいだろ！」

女子のことが大好きな俺だが、ルミの前では無条件に目をハートにするわけにはいかない。

何故なら間違いなく言いなりになってしまうから。

ルミに心を開いた後、可愛くおねだりされたら内臓を売ってでも欲しい物を買い与えてしまう。

そうなったら俺の人生は終わりだ。

女性に人生を終わらされるのなら本望だけれど、諦める前にもう少しもがきたいところ。

「それで、どうしてルミは学校に？」

「無視かよ！　……図書室にいたんだよ。家じゃなんか課題に集中できなかったし」

「へぇ、えらいなぁ」

男を誑かしたいと吹かしているルミだけど、このクソ暑い中わざわざ課題を終わらせるために学校まで来ている時点で、相当真面目な性格であることが分かる。

こういうところ、本性を知ってもなんか憎めない感じするよね。

「それに家で課題やるより、こっちに来て一人でも多くの男を落とした方が一石二鳥だしな。図書室で消しゴムを借りるついでに何人か釣ってやったぜ」

「よくやるよ、ほんとに」

「そういうお前はなんで学校にいんだよ」

「生徒会の集まりがあったから来たんだよ。これからもう帰るところだけど」

「ふーん……あたしもこれから帰るところなんだよなぁ……」

ルミがチラチラと俺の顔色を窺っている。

もしかしてこの後、俺を連れ回したいと考えているのだろうか。

「悪いけど、今日はルミの買い物には付き合えないんだ。これからひよりと後輩の双葉さんと約束があるから」

「はぁ!?　一ノ瀬!?」

「う、うん」

「チッ、あの女……抜け駆けしやがって」

抜け駆けとはなんの話だろう。

憎々しげに言っているところを見るに、あんまり俺が踏み込んでいい話ではなさそうだけど。

「今日のところは勘弁してやる！　今度会ったら覚悟しろよ！」

「なんだ、そのやたらとしつこいバトル漫画の敵キャラみたいなセリフは……」

しかも小物タイプの。

「ふんっ！」

そっぽを向いて、ルミは俺の下から去っていく。

しかしその途中で、何故か足を止めて振り返った。

「そういえば体育祭の後……」

「ん？」

「……いや、なんでもない。じゃあな」

再び前を向いてしまったルミは、今度こそ廊下の角を曲がって消えた。

一体何を言いかけたんだろう。

体育祭の後、何かあったっけ？

（何か約束した覚えもないいんだよなぁ……）

ううむ、気になる。

言いかけたのなら言い切ってほしいよね。

「……あれ、あんた誰と喋ってたの？」

ルミを見送った俺に、戻ってきたひよりと双葉さんが声をかけてきた。

「あ、ひより」

「今さっきまでルミがいてさ、ちょっと話してたんだ」

「榛七……？」

「う、うん」

あれ、気のせいかな。

ルミの名前を出した途端、ひよりの雰囲気もどこかトゲトゲしくなったような……。

まあ元々トゲトゲしいか、俺には。

「部活の用事って何してたの？」

「夏休み中の合宿のために、更衣室に置いてあったテーピングなどの必要な道具を回収してきました」

「あ、今年もやるんだね」

去年ひよりが参加していたから、なんとなく覚えている。

八月の前半に、四日間くらい他校と合同合宿をしたと言っていた。

「忙しそうだね……体調は大丈夫？」

「ヤワな鍛え方はしていないので、問題ありません。日々のひより先輩によるしごきが少なくなってしまう分、合宿自体が物足りなくなる方が心配です」

「そう思えるなら確かに心配なさそうだ」

全国クラスの化け物であるひよりのしごきに耐えているというだけで、双葉(ふたば)さんも大概化け物なんだろうなぁ。

こんなに小柄で可愛らしいのに、その手はきっと俺の意識を一瞬で刈り取るほどの力を持っているのだろう。

「ちょっと、あんまり椿姫(つばき)にちょっかい出さないでよ。あんたの近くにいるってだけで悪影響なんだから」

「でもひよりと俺はずっと一緒にいるけど、特に悪影響出てなくない？」

「……」

「……ひより？」

ひよりの顔がまるで時が止まったかのように固まっている。

俺みたいな人間に正論をぶつけられたせいで、思考がショートしたらしい。

なんだか悪いことをした気分だ。

「確かにひより先輩に悪いところはありません」

「だよね」

強いてひよりの欠点を挙げるとすれば、暴力的なところくらいだろう。

でも俺にしか暴力振るわないしなぁ。

「……くっ、うるさい！　椿姫（つばき）もそんな奴に同調してないで、さっさと行くよ！」

「はい、ひより先輩」

「夏彦（なつひこ）！　この荷物持って！」

そう言って、再起動したひよりは俺に荷物の入ったエナメルバッグを押し付ける。

そのままずんずんと下駄箱の方へ歩いていく姿は、どう見ても照れている様子だ。

こんな姿を見られるのは、きっと双葉（ふたば）さんがいるからだろう。

俺だけだとこうなる前に黙らされるからね。

「グッジョブ、双葉（ふたば）さん」

「……？　よく分かりませんが、褒め言葉として受け取らせていただきます」

偉大なる後輩を褒め称えたところで、俺もひよりの後についていく。

さて、今日はこんな美少女二人とショッピング。

きっといい一日になるぞ。


三人でやってきたのは、電車で少し移動したところにある大型ショッピングモール。

夏休みということもあり、家族づれや学生らしき姿が多い。

俺も何度か来たことがあるけれど、平日にここまで混んでいるということには少し不思議な感覚を覚える。

「夏服と……あとサンダルも買おうかな」

そんなひよりの方針に従い、俺たちはまず庶民の味方であるチェーンの洋服屋に向かった。

いいね、ここ。服の値段もほぼ均一だし、変に心を揺さぶられなくてメンタルが落ち着くよ。

「ねぇ、夏彦。今年のトレンドカラーって何？」

「うーん、色だったら少し落ち着いたものが多いみたいだね。深緑とか、そういうのがいいんじゃないかな。でも去年と同じパキッとした青とか、はっきりした色も人気みたい」

「じゃあトップスは？」

「袖の先とか、下の方がふっくら余裕のあるランタン型かな。今年はピチッとしたものよりも、ゆるっと着れるものが流行(はや)ってるよ」

「パンツは？」

「トップスと同じで、少しぶかっとしたパンツだったかなぁ……カーゴパンツとかいいんじゃない？」

「でもそれだと上も下もぶかっとしてシルエットが大きくならない？」

「だったらどっちかのトレンドだけ採用して、もう片方は形じゃなくトレンドカラーを取り入れるっていうのは？」

「んー、そうね。それ採用で」

ズラッと服が並んでいる場所で、ひよりはテキパキと服を選び始める。

ひよりだったら、やっぱりカーゴパンツは似合いそうだ。

「あ、動きやすそうなショートパンツも買おうと思うんだけど」

「ちょっとパンクにするってこと？」

「あんたどう思う？」

「いいんじゃない？　でも去年も買ってなかった？」

「……入らなくなってたのよ。下半身鍛えちゃったから」

「おっと、なるほどね」

思わずひよりの尻に視線が吸い寄せられる。

俺の観察眼が分析したところによると、確かにサイズアップしているようだ。

というか去年と比べて、全体的に成長している気がする。

これはひよりのスリーサイズ表を更新しなければならないな。

「パンクな格好は全然ありだね。元々似合うし。ド派手にチョーカーとかつけちゃう？」

「さすがにそれは……まあ、一個くらいあってもいいか。っていうかそれ、あんたが見たいだけじゃないの？」

「それもある」

「はぁ……まあこの買い物に付き合わせてる報酬にしとくわ」

「さすがひより、太っ腹だね」

オーバーサイズのTシャツと、それでギリギリ隠れるかどうかといった丈のショートパンツ。

そこにチョーカーが加われば、少し悪めのパンクファッションの完成だ。

「……あれ？　どうかした？　双葉さん」

服も見ず呆然としている双葉さんが心配になり、俺は声をかける。

もしかして暑さでぼーっとしちゃったかな。

だとすると休めるところに移動した方がよさそうだけど。

「あ、いえ。その……お二人はいつもこうして買い物をしているのですか？」

「うん、大体こんな感じかな」

何かおかしなところがあっただろうか？

こうしたやり取りが当たり前すぎて、自分じゃちょっと気づけないかもしれない。

「あー、夏彦ってほら、気持ち悪いくらいの女好きでしょ？　だから毎年女子の服装のトレンドを把握してるのよ。自分の服装にはてんで頓着しないくせにね」

「気持ち悪いは余計だよね？」

俺は道ゆく女性のファッションを全部覚えて、そのデータとネットの情報を照らし合わせているだけだし、別に変なことはしていないと思うんだけどなぁ。

ただちょっと脳内で女の子を着せ替えして遊んでいたりするけれど。

「ぶっちゃけウチはファッションに明るくないし、強い興味もないから、こういうところでこいつを頼ってるのよ。普段はちゃらんぽらんだけど、使える時は使えるのよね」

「ちゃらんぽらんは余計だよね？」

まあ褒めてもらえているし、別にいいけど。

そして対する双葉さんだが、今の話を聞いた途端、俺の方に輝く目を向けてきた。

「すごいです……！　ひより先輩の普段のオシャレには、花城先輩が関わっているんですね」

「まあ……そういうことになるかな？」

「尊敬します。恥ずかしながら、私もあまり服装には明るくないので」

「女の子が皆ファッションに明るくないといけないわけじゃないし、別にいいんじゃない？

でも元々双葉さん可愛いし、ファッションを勉強したらなおさら魅力的になると思うけど」

「……可愛い」

双葉さんの顔が、ポッと赤くなる。

その次の瞬間、ひよりが俺の頭を軽く小突いた。

「おい、ウチの前で椿姫を口説くとはいい度胸じゃない」

「あれ、もしかして嫉妬してる？　ひより」

「んなわけあるか。ウチの可愛い後輩があんたに誑かされるのを防ぎたいだけよ」

「それは残念……」

妬いてくれたら嬉しかったのに。

「まあ、せっかくだし椿姫も夏彦に選んでもらう？　こいつのセンスだけは信用できるわよ」

「そうですね、ご迷惑でなければお願いしたいと思います」

おっと、これは責任重大だ。

双葉さんの魅力を俺のセンスで損なうわけにはいかない。

「うーん……そうだなぁ」

改めて双葉さんの全体像を眺めさせてもらう。

なんと言っても、とにかく双葉さんは小柄だ。

線も細く、オーバーサイズの服を着こなすのは難しいのではないかと考える。

「……ワンピースなんてどうだろう？　白く清楚に決める感じでさ」

「ワンピース、ですか」

「靴は白いベルトのついたサンダルが良さそうかな。ヒール型のやつ」

元々の髪色が少し淡めだから、濃い色の服は馴染まない気がする。

双葉さん自身が攻めたファッションに興味なさそうだし、どこに出ても違和感のない白色が、なんだかんだ言って最強なのだ。

「本当にセンスだけはいいのね……腹たつわ」

「怒りをお静めなされ、お嬢さん。――――なんて、センスを褒められるのは嬉しいけど、あくまで置きにいった選び方だからね。この程度は難しい話じゃないよ」

双葉さんに白が似合うなんて、誰だってパッと見ただけで分かることだ。

それを我が物顔で語ってしまった自分が、どこか恥ずかしい。

「何言ってんのよ。そこら辺にいる適当な人間に提案されるより、ちゃんと知識を持った上で提案してくれる人間の方が信頼できるじゃない。それだけで十分だっての」

「ひ、ひよりぃ……珍しく褒めてくれるじゃん……！」

「今のあんたを貶したら、普段ファッションに疎いウチが下みたいになるじゃない。そんなの絶対に許せない」

「あ、はい」

まさかの自己保身だった。

いや、ひとまずここは褒め言葉の部分だけ受け取っておこう。

心頭滅却すれば、罵倒もまた涼し。

「花城先輩のこと、私はまた少し誤解していたかもしれません」

「え？」

「てっきり私はもっと過激な服装を選ばれるのかと……」

「あはは、そんなことするわけないじゃないか。あ、でも双葉さんにそういう服が似合わないって言ってるわけじゃないよ？　むしろ着てもらえるのならぜひ着てほし――」

その時、俺は自分の腹の肉に違和感を覚えた。

恐る恐る下を見てみれば、ひよりの手が腹の肉をつまんでいる。

「な・つ・ひ・こ？　もしかしてウチの後輩にセクハラしようとしてない？」

「ま、まさかぁ……」

「そうよねぇ、まさかそんなことしないわよねぇ」

ぎり、ぎりぎりと、腹の肉がひよりの手によって捻られていくのを感じる。

あ、駄目だこれ。

ちぎれるやつ。肉が抉り取られるやつだ。

「誓って？　私は椿姫にセクハラしませんって」

「はい、私は双葉さんにセクハラしません」

「聞き分けのいい幼馴染でよかったわ。ウチもここを血の海にするのは避けたかったの」

腹の肉から指が離れていく。

危なかった。物理的にやせ細ってしまうところだった。

公共の場では拳は飛んでこないだろうと思って油断していたよ。

まさかこんな手段があるなんて、これからは外でも気を付けてセクハラした方がいいね。


「にしても……まさか夏休み中から体育祭の準備があるとはねぇ」

ある程度買い物を終えた俺たちは、モール内にあるファミレスへと移動して休んでいた。

テーブル席のソファーに深く腰掛け、炭酸ジュースをちびちび飲んでいたひよりがそんな言葉をこぼす。

「私も驚きました。準備があるのは分かりますが、まだ七月中ですし」

「だよね。突然夏休みの予定が一気に埋まって、割とビビったっていうか……夏彦は？　あんたもビビったんじゃないの？」

アイスコーヒーにポーションミルクとシロップを混ぜていた俺は、声をかけられて顔を上げる。

「驚きはしたけど、俺としては楽しみかな。夏休みはなんの予定もなかったし、無駄に時間を浪費するよりよっぽど過ごし甲斐があるよ」

「はぁ……さすがの変態っぷりね」

「そんなの褒められても何も出ないよ。あ、飲み物のおかわり取ってこようか？」

「何か出てるじゃないのよ……今はいいわ。後でお願い」

「お安い御用で」

俺はミルクの入ったアイスコーヒーを啜る。

ドリンクバーのコーヒーって結構薄い気がするんだけど、暑い中ごくごく飲むには持ってこいだ。

一気に飲み干した俺は、ストローの先で細かい氷を動かして遊ぶ。

「花城先輩は、部活には何も入っていないのですか？」

「ん？　ああ、俺は今のところフリーだよ。別にやりたいこともないし」

「そうですか……」

今のところ、と言いつつ、俺はこの先も部活に入ることはないだろう。

部活に入っている人たちは、その、なんというか……目が輝いているように見えるのだ。

入学したての頃、とある部活に俺は体験入部をさせてもらったことがある。

しかしそこにいた人たちと並んだ時、自分があまりにも場違いの存在に感じられた。

それ以来、俺は部活に入ろうと思ったことは一度もない。

「運動部がしんどいなら、文化部に入ればいいじゃない。少しは暇が潰せるでしょ？」

「うーん……考えておくよ」

「……」

ひよりは細めた目で俺を見ている。

少しばつが悪くなった俺は、誤魔化すためにグラスを持って立ち上がった。

「飲み切っちゃったから、飲み物取ってくるよ。二人も何かいる？」

「ウチはまだ大丈夫」

「私も大丈夫です。お気遣いありがとうございます」

「そっか、了解」

俺は自分のグラスだけを持って、ドリンクバーへと向かう。

（暇つぶし、か）

グラスに最初と同じアイスコーヒーを注ぎながら、俺は考える。

不誠実に聞こえるかもしれないけれど、俺には生徒会役員としての強い使命感のようなものはない。

前に教室で、時間がないって嘆いているクラスメイトを見た。

皆はそれに同調して、夏休みが少ないと言葉を続ける。

だけど俺には、まったく理解できなかった。

だって、俺には――――。

「あ、あの？　お客様？」

「え？」

「大丈夫ですか？　その、コーヒーが……」

「……あっ」

店員さんに言われて、俺は手元を見る。

気づけば、俺の持っていたグラスからコーヒーが溢れ出していた。

ぼーっとしすぎて、ボタンから手を離し忘れていたらしい。

「す、すみません！」

「大丈夫ですよ。手が汚れてしまっているので、こちらでお拭きになってください」

「……ありがとうございます」

親切な店員さんでよかった。

差し出されたタオルで、コーヒーで濡れた手を拭く。

（やっちゃったな……）

少なくとも、こんなところで考えるようなことじゃなかった。

俺はグラスを持って、急いで席へと戻る。

「お、お待たせ！」

「どうしたのよ？　店員が駆け寄ってたけど、なんか揉めた？」

「いや、ドリンクバーが止まらなくなっちゃって、店員さんを頼っただけだよ」

「ふーん……？」

心配してくれているところ申し訳なく思いつつ、俺はさっきの出来事を誤魔化した。

二人に対して、変に心配をかけるわけにもいかないもんね。

「そ、そういえばさ！　体育祭の後って何かイベントみたいなものあったっけ？」

俺は少し強引に話を変えた。

話の内容はなんでもよかったけど、先ほどルミが廊下で口にした言葉が妙に引っかかっていたため、それをチョイスしてみる。

「体育祭の後？　なんかあったっけ？」

「私は存じ上げませんが……」

「ウチも知らない。去年も別にそんなのなかったでしょ？」

ひよりに言われて、俺は頷く。

確かに去年も別にそんなものはなかった。

体育祭の後は、そのまま各々下校となる。

もちろん思い出を残すため、なんて理由で写真大会が行われることはあれど、別にそれは個人の自由であり企画されたものではない。

ルミは、一体何を言いかけたのだろう？

個人的な約束を交わした覚えはない。何かイベントがあるわけでもない。

気になるけれど、どうやら考えるのもここらが限界のようだ。

「……あ、でも変なジンクスみたいなのはあるわよね」

と思っていたところ、そんな言葉をひよりが告げた。

「ジンクス？」

「そう。体育祭の後でカップルがお互いのハチマキを交換すると、その二人は永遠に結ばれる……みたいな」

ハチマキというと、クラスごとに色分けされたあのアイテムのことだろうか。

素直に頭に巻く人もいれば、おしゃれな女子は髪を結ぶために使ったりする。

あとは猫耳みたいな形にする子もいるよね。

ただの布をおしゃれに使いこなす彼女らの応用力は、やはり目を見張るものがある。

「でも……なんかすごい俗っぽいジンクスだね」

「ありきたりよね。でも実際成功例が多いらしいわよ？」

「ふーん……」

まるで昨日今日のうちにどこかの女子が考えたようなジンクスだけれど、ある意味そういうものが一番流行るのかもしれない。

えらく現実的で、真似(まね)しやすいというか。

実際それで成功した人間がいるのであれば、試してみようと思う人はたくさんいるだろう。

まあ、恋人がいない俺にとっては関係のない話だ。

「じゃあなんだったんだろうなぁ……ほんとに」

「さっきから何がそんなに気になってるのよ？」

「いや、さっきルミと話してたって言ったでしょ？　その時に向こうが体育祭の後がどうこうって言おうとして――」

「榛七(はるな)が……体育祭の後？」

瞬間、俺たちの周りに漂っていた空気が張り詰める。

その原因は、間違いなく俺の向かいの席に座っているひよりだ。

怒りの矛先は俺ではないようだけど、普通に怖い。

しかしこんな最中でも、双葉(ふたば)さんは平然とオレンジジュースを飲んでいる。

なんという不動心。仙人と呼びたい。

「夏彦(なつひこ)、榛七(はるな)と話したのはそれだけ？」

「それだけっていうか……そもそもこの話自体途中で誤魔化されたんだけど」

「あの男たらしめ……」

きっとルミとひよりの間でしか分からない因縁があるに違いない。

ここに俺が首を突っ込める領域は皆無と見た。

「ねぇ、体育祭の予行練習だけど、きっと先輩たちも、もっと人数が欲しいって思ってるわよね」

「そ、そりゃ五人じゃ心もとないだろうけど……」

「そうよね。じゃあ、後で伝えておかなきゃ……使い勝手のいい便利な人間がいるって」

ひよりの口から、腹の底から湧き上がるような笑い声が漏れている。

この妙な寒気は、きっと空調が効きすぎているというわけではないはずだ。

一体ひよりとルミの間に何があったのか。

しかし俺が右往左往している中、それでも双葉(ふたば)さんはマイペースにオレンジジュースを啜っている。

うん、可愛いね。

彼女のおかげで、ひよりの威圧感で肌がビリビリしている今も、俺は少しだけ心の平穏を保つことができた。

今度パフェでも奢(おご)ってあげよう。

第三章　深夜テンションは確実に存在する

時間は少し進んで、八月の頭。

俺は再び鳳明高校へと向かっていた。

理由はもちろん、体育祭の予行練習のため唯先輩と紫藤先輩に呼ばれたから。

夏休みの頭に呼び出された時と同じく、メッセージアプリで連絡が来た時は心が躍った。

しかし、前回と違うところがいくつかある。

まず服装。

前回は制服で向かったけど、今日の俺は体育用のジャージを身にまとっていた。

そしてもう一つ、それは時間帯。

周囲はすっかり暗くなり、蒸し暑さが少しずつ落ち着き始める頃。

つまりは夜。

唯先輩たちは、確かに体育祭の予行練習と言っていた。

それが何故こんな夜遅くに行われるのか、さっぱり見当がつかない。

「お、来たな、夏彦」

「こんばんは、花城君」

電車に乗って学校までたどり着くと、校門の前に唯先輩と紫藤先輩がいた。

二人とも俺と同じくジャージ姿。

こんな補導されかねない時間帯に、ジャージ姿の学生が集まっている。

なんとも奇妙な光景だ。

「お疲れ様です。体育祭の予行練習って聞いてますけど、本当にこんな時間からやるんですか？」

「ええ、むしろこの時間しかないのよ」

「と言いますと？」

「まず昼間は夏休み中でも運動部がグラウンドを使っているでしょ？　基本彼らは夕方まで練習しているし、私たちが明るいうちに利用するのは難しいの」

それは分かる。

鳳明高校は運動部が盛んだから、休み中でも容赦なく活動がある。

とは言っても毎日同じ部活がグラウンドを使っているというわけではなく、一日単位で部活ごとに予約していくシステムがあるらしい。

だから土日休みの概念もなく、基本的に全部埋まっていると考えられる。

「それに私たちの活動は、部外者に目撃されてはならない……だからこの時間帯じゃないといけなかったのよ」

「部外者に目撃されてはならない……⁉」

「どんな時でも、生徒会は華々しい立場でなければならない。だから泥臭く働く裏側を見せてはいけない――――というのがこの学校の生徒会の伝統、らしいわ」

「へ、へぇ……」

まあ、確かに体育祭競技の安全確認を生徒会が自分の身をもって確かめているなんて話を聞いたら、変に思う人間は多いだろう。

「でも、帰りがかなり遅くなりますよね？　下手したら終電もなくなるだろうし、危険じゃないですか？」

「その辺りは大丈夫だ。学校側も配慮してくれて、帰りは甘原先生が送ってくれることになっている」

そんな話をしていると、ちょうど向こうから一台の車が校門へと近づいてくるのが見えた。

あれは確か甘原先生の車だったはず。

俺たちの側に止まったその車の運転席には、予想通り甘原先生が座っていた。

「おー、お前ら早いな」

「甘原先生は珍しく時間通りですね」

「そう言うなよ紫藤……あ、そういえばこいつら連れてきたぞ。駅からこっちに向かってるところをとっ捕まえたんだ」

甘原先生がそう言うと、後部座席からぞろぞろと人が降りてきた。

「助かりました、甘原センセ」

「……」

体をほぐしながらお礼を言うひよりと、ぺこっと可愛らしくお辞儀をした双葉さん。

これで生徒会メンバーは揃った。

しかし、何故かもう一人見知った顔がある。

「にしても、榛七まで協力してくれるとはな。優等生のお前なら安心だ。三年はともかく、お前のクラスメイトの方はよろしく頼むぞ」

「……はい」

そう返事をしながら、ルミは苦笑いを浮かべた。

俺とひよりのただのクラスメイトでしかない彼女が、どうしてここにいるのだろう？

何も聞いていなかった俺は、紫藤先輩の方へ視線を向けた。

「あ、伝え忘れていたわね。少し前にひよりちゃんから、『人手が足りないならいい候補がいる』って連絡を受けたの。それで紹介してもらったのが、榛七さんよ。前に生徒会室で顔を合わせているし、真面目でしっかりした子って話を聞いたから、このまま協力してもらうことにしたわ」

「な、なるほどぉ」

「……大丈夫。この予行練習についてはきちんと口止めする予定だから、安心してね」

紫藤先輩は、そう俺に耳打ちした。

確かにそこも気になってしまう部分だったけれど、今はもっと気になることがある。

何故、ひよりはわざわざルミを引き込んだのか。

二人にはそこまで仲のいい印象はなく、ひよりが生徒会に関わらせるほどルミを信用しているとも思えない。

ううむ、不思議なこともあるもんだ。

「よろしくお願いします、八重樫先輩、紫藤先輩。そして……花城君」

何やら腹に一物を抱えた様子で挨拶するルミに、俺は笑顔を返す。

今はひよりがルミを呼んだ理由について考えても仕方がない。

ここから考えなければならないのは、甘原先生とルミに唯先輩のポンコツがバレないようにすること。

難しいことを考えるより先に、根本を忘れないようにしなければ。

「じゃあたしは車を裏に止めてくるから、先に中入っててくれ。あ、その前にこれ、体育倉庫の鍵だから」

「はい、分かりました」

紫藤先輩に体育倉庫の鍵を渡した甘原先生は、そのまま車で学校の裏手へと消えていった。

「よし、では皆で中に入ろう。まずは体育倉庫から体育祭に使う道具を引っ張り出すところからだ」

ルミがいるからか、唯先輩が普段よりキリッとしている。

果たしてこのモードがいつまで持つか、甚だ不安だ。

「ありがとう、榛七さん。わざわざこんな夜遅くに手伝いに来てくれて」

「大丈夫です！　友達の一ノ瀬さんに頼まれたら断れませんから！　それに……前は変な言いがかりで生徒会に乗り込んじゃいましたし、いつか謝らなきゃってずっと思っていたので」

「そんなこと、もういいわ。花城君のことを誤解させてしまったのは、私たちの責任だもの」

「いえ……」

しおらしいルミを見て、俺は驚く。

終業式の前、ルミは俺が生徒会のパシリにされているのではないかと勘違いし、生徒会室に乗り込んできた。

実のところ、それは俺を籠絡するためのパフォーマンスだったわけだけれど、そのことを知っているのは俺とひよりだけ。

他の三人は、ルミのことを正義感溢れる真面目な人間と見ているのだろう。

唯先輩なんか、きっとかなり好印象を持っているに違いない。

だってルミを見る目が輝いているもん。めちゃくちゃ分かりやすく。

「それにしても、まさか生徒会がこんな夜中にまで学校のために活動しているなんて思いもしなかったですよ」

そう言いながら、何故かルミは恨めしそうな視線を俺とひよりに一瞬向けた。

もしかすると、こういう活動を羨ましいと思ったのかもしれない。

その気持ちは正直分かる。

夜中に友達と会うのって、いつもと違う楽しみがあるもんね。

今日はこれから過酷な運動をするって分かっているわけだけれど、それでも妙にワクワクするというか。

あ、ちなみに未成年だけで夜中遊ぶのはやめようね。

俺たちはあくまで生徒会活動のために仕方なく集まっているのです。

「榛七（はるな）、だったな。今のうちに言っておくが、このことは他言無用で頼むぞ」

「はい、分かりました」

ルミがお茶目な敬礼をかます。

これだけだと一見おちゃらけているように見えるけれど、秘密を漏らすような人間でないことは分かっている。

悪い人ではないのだ。

多分……多分ね？

間もなく俺たちは体育倉庫へとたどり着いた。

校庭の端に設置された倉庫は、夜中であることも相まって身震いするほどの暗さを放っている。

スマホの明かりがなければ何も見えないレベルだ。

「ひよりちゃん、鍵穴を照らしてもらえるかしら」

「りょーかいです」

ひよりがスマホで体育倉庫の扉を照らす。

それを頼りに解錠した紫藤先輩が扉を開けると、中から独特のカビ臭さが溢れ出してきた。

中はもちろん真っ暗で、何も見えない。

「えっと……電気電気」

壁に手を這わせて、紫藤先輩が室内の電気をつける。

弱々しい蛍光灯だけど、ひとまず暗くて作業できないなんてことはなさそうだ。

「いつ来てもカビ臭いですよね、ここ。……で、紫藤センパイ。何から取り出せばいいんですっけ？」

「そうね、まずは棒倒し用の棒を探しましょう。それから障害物競走用のハードルや跳び箱……ネットなんかも見つけておいた方がいいわね」

「分かりました」

紫藤先輩の指示通り、俺たちは手分けして該当する道具を探し始める。

体育倉庫自体は決して広くはない。

しかしだいぶ雑多に物が置かれているせいで、パッと見ただけではどこに何があるかを把握することは難しそうだ。

「紫藤センパイ、棒倒しの棒ってこれですか？」

「んー、いえ、それは棒引き用ね。棒倒し用はそれよりももう少し長いわ」

「紫藤先輩、ハードルを見つけたのですが、このまますべて外に出してしまって問題ないでしょうか」

「ええ、椿姫ちゃんの方でやっておいてもらえると助かるわ」

「紫藤先輩、障害物競走に使う跳び箱って何段ですか？」

「それも後で検証するから、とりあえずあるだけ出してもらえるかしら。あ、できれば花城君だけじゃなくて、もう一人手を貸してもらってちょうだい」

「アリス、面白い物を見つけた。フラフープだ」

「後で思う存分遊んでいいから、今は唯も道具を探してもらえる？」

紫藤先輩に指示を仰ぎながら、テキパキと作業を進める。

しかしそんな中、手がまったく動いていない者が一人。

「……あの」

何故か手を止めているルミは、そう俺たち全員に声をかけてきた。

「どうしたの？　榛七さん。私の指示が分かりづらかったかしら」

「いえ、そうじゃなくて……どうして会長の八重樫先輩じゃなくて、副会長の紫藤先輩が指示を出してるのかなって思って」

「……あ」

これはまずい。

いつもの癖で、無意識に紫藤先輩に指示を仰いでしまっていた。

確かに生徒会の長として、ここは唯先輩が俺たちに指図しなければならない場面。

フラフープを見つけてはしゃいでいる場合じゃないのだ。

「ゆ、唯が忙しかったから、私が甘原先生から詳しい話を聞いておいたのよ。だから体育祭関係の話は私に尋ねてくれると助かるわ」

「はー、なるほど。確かに八重樫先輩、いつも忙しそうですもんね」

ルミの視線が唯先輩に向けられそうになる。

一秒にも満たない時間。その一瞬で、俺は自分たちが窮地に陥っていることに気づいた。

唯先輩が、フラフープで遊び始めようとしている。

だいぶお気に召したのだろう。

今にも腰で回し始めてしまいそうだ。

これを忙しい人間と言ったら、ルミは果たして信用してくれるだろうか？

――否。

少しでも唯先輩の正体がバレる危険性を感知したら、それを排除するのが役員の使命。

その意志に関してはひより、そして双葉さんも同じのようで、三人の間でとっさに目配せが交わされる。

まず動き出したのは、他でもないこの俺。

「おっと、スマホを落としてしまったー！」

「……？」

そんな演技をしながら、俺はスマホを拾ったふりをしてさりげなくルミと唯先輩の間に体を割り込ませた。

これでまず一瞬ルミの視線を遮る。

そしてそれを確認したひよりが素早く唯先輩に近づき、動きを押さえた。

最後に双葉さんがフラフープを没収し、雑多に物が並んでいる場所に投げ捨てる。

完璧だ。初連携にしてはずいぶん上手くいったな。

「フラフープ……」

双葉さんが投げ捨てた方向を見ながら、唯先輩が悲しそうな声を漏らす。

すみません、唯先輩。

いつか俺たちしかいないところでたくさん遊びましょうね。

だから今日は勘弁してください。

「？　今何か……」

「き、気のせいじゃない？　ほら、テキパキとやっていくわよ！」

胸を撫でおろした様子の紫藤先輩が、改めて俺たちに指示を出す。

始まって早々これか。ずいぶんと先が思いやられるな……。


「こっちにあるのは大玉転がし用の大玉で……三角コーンもだいぶ集まって……あとは障害物競走用の跳び箱を運び出したら備品は終了ね」

だいぶ作業が進んだ頃、紫藤先輩が取り出した物たちと倉庫内に残っている物を見比べて、そう告げた。

ただ備品を取り出していただけなのに、かなり時間が経ってしまっている。

それもそのはず。唯先輩の興味が変な物に移ってしまわぬよう、誰かが常に見ていなければならない。

さらにルミが第一発見者になってしまうとその時点でアウトになってしまうため、彼女のことも誰かが気を張って見ていなければならなかったのだ。

「おー、気をつけて運べよー」

——加えて今の声の通り、途中で甘原先生が現れたことで危険な視線が二つに増えた。

しかもこの先生、手に酒の缶を持っている。

よく見ればそれがノンアルコールビールであることが分かるが、パッと見の印象はだいぶ悪い。

まあ……ここで酔っ払わずちゃんと監督責任を果たそうとしてくれているところが、甘原先生が信頼できる人の証拠でもあるんだけど。

というわけで、以上が作業の遅れた原因である。

「跳び箱、ね。夏彦、あんた手伝って」

「え？　ああ、いいよ」

ひよりに呼ばれ、俺は共に倉庫内に入る。

倉庫の奥の方に放置された跳び箱を運び出すには、まずその周りを整頓しなければならない。

その作業中、俺は小声でひよりに話しかけた。

「ひより」

「何よ」

「どうしてルミを連れてきたの？　確かに人手不足ではあったけど……」

俺たちの他に唯先輩の正体を知っている人間はいないわけだし、人手不足という時に贅沢を言うつもりはない。

しかしながら、もう少し鈍感な人間でもよかったのではないだろうか？

俺が恐れているのは、彼女の鍛え上げられた察しの良さ。

彼女と買い物に行った時のことを思い返すたび、それが軽い恐怖となって蘇る。

「別に？　一応、前に榛七は先輩たちに迷惑かけてるし、その償いをダシにすればまず断らないだろうって思ったのと……」

「と……？」

「……確かめなきゃいけないことがあったのよ、個人的に」

そう言って、ひよりはそっぽを向いてしまう。

どうやらこれ以上ルミを呼んだ経緯について話すつもりはなさそうだ。

ひよりは頑固だし、こうなると口を割らせるのは難しい。

やれやれ、厄介な幼馴染を持つと大変だね。

「ねぇ、今ウチが跳び箱から手を離したらどうなるかな？」

「な、何故そんなことを⁉」

「あんたがウチを馬鹿にしたような気がしたのよね」

「そんな……厄介な幼馴染だなって思っただけだよ？」

「十分馬鹿にしてるじゃないのよ」

「ごぼっ」

抱えるようにして持っていた跳び箱を通して、強い振動が胸に駆け抜ける。

まさか物体を経由させて衝撃を送り込むことができるとは……。

ひよりの奴、どんどん人間離れしていくな。

その力を行使する相手がいつも俺なことに対しては納得できないけれど。

「……言えるわけないじゃないの、特にあんたには」

「え？」

「ほら、さっさと運ぶわよ」

ひよりが片側をぐいぐい持っていこうとするものだから、俺も慌ててそれについていく。

なんだろう、この色々と置いていかれてしまっている感じは。

俺が立っている場所は、果たして昨日と同じ場所なのだろうか――――。

「ありがとう、二人とも。その辺りに置いてちょうだい」

紫藤先輩に指示を仰ぎつつ、俺とひよりは跳び箱を指定の位置に置いた。

「これで備品は大丈夫。競技の確認の前に、まずは破損がないかの点検から始めましょう」

言われた通り、俺たちは各々備品のチェックを開始した。

割れたりしていないか、部品が欠けていたりしないか、そういったものを丁寧に確認していく。

「紫藤先輩、三角コーンの一部が欠けています。これは修繕対象でしょうか」

「競技に直接使用する物ではないから、それは大丈夫よ。パックリ全体が割れていたり、自立しないようなら問題だけど……」

「そういう個体はなさそうです」

「じゃあ問題なしで。椿姫ちゃんは別の備品に移ってちょうだい」

「承知しました」

「直接競技で使う備品に関しては、もう少し厳しくチェックして！　競技中の事故が起きないように！」

紫藤先輩の呼びかけを受け、俺は目の前にある備品たちを改めて注意深くチェックしてみることにした。

障害物競走用の跳び箱と、大きなネット。

跳び箱の方は特に問題なし。クッション部分の破損はないし、内側に割れなどもない。

ネットの方は、経年劣化か所々ほつれた部分が目立つ気がする。

変に手足が引っかかったら、危険っちゃ危険だ。

「紫藤先輩、ネットがちょっとほつれてるんですけど、どうやって直します？」

「後で修繕係と、競技確認係に分かれてもらうつもりよ」

「なるほど、それは確かに人手がいりますね」

「そういうこと」

二手に分かれれば、二つの作業を同時進行できる。

こうなってくると、やはりルミの存在は頼もしい。


それから大玉のほつれや、ハードルの部品の緩みなどを見つけ、いよいよ備品の点検が終了した。

「紫藤センパイ、ここで二手に分かれる感じですか？」

「そうね。ひよりちゃんはどっちがいい？」

「ウチは競技側がいいです。手先があんまり器用じゃないんで」

ひよりの手先の器用さは、ぶっちゃけ壊滅的だ。

折り紙すらまともに折れないレベル。

きっと力が強すぎて上手く制御ができないのだろう。

前にりんご潰してたし。

「他に競技側に回りたい人はいるかしら？　四人で確認してほしいから、あと三人よ」

「私も競技側がいいな」

「じゃあ唯も競技側ね。私は運動が得意じゃないから、修繕側に回らせてもらおうと思うわ」

今のところひよりと唯先輩が競技側、紫藤先輩が修繕側か。

残すは俺と双葉さんと、ルミの三人。

「……花城先輩、榛七先輩」

さてどっちに行こうかと考えていると、双葉さんが俺たちの名前を呼んだ。

「どうしたの？」

「お二人に希望がないのでしたら、私が修繕の方に行きたいです」

「え、双葉さんが？」

申し訳ないのだけれど、俺の中で双葉さんはひよりの後輩という印象が強すぎる。

根拠はないが、なんとなくこの子もひよりと同じくらい手先が不器用なのではないかと思ってしまった。

「はい、手先は器用な方なので」

そんな俺の考えを察したのか、双葉さんは俺の目の前で手をわきわきと動かし始めた。

その、なんだろう。そうしたアピールをしようと思ったところは大変可愛らしいのだけれど、ちょっと手つきがいやらし――――。

「目潰し」

「ぐあぁぁあああ！　目がぁぁ！」

いつの間にか側にいたひよりが、俺の眼球に二本指を突っ込む。

激痛と共にのたうち回る俺を、ひよりは冷たい目で見下ろしていた。

「な、何するんだよひより！」

「いや、なんか椿姫をいやらしい目で見てたから、とっさに」

「くそっ、厄介だな、その反射神経」

もう少し眺めさせてくれたっていいじゃんね。

――っていうか、みんな俺とひよりのじゃれ合いに慣れてきて、もう誰も何も言わなくなってきたね。

「じゃあ花城君と榛七さんは競技側ってことで大丈夫かしら？」

「はい、あたしは大丈夫です」

ルミの返事に続いて、俺も問題ないと答える。

これで役割分担は完了。

あとは作業に入るのみだ。

「それじゃ修繕が必要ない道具から、実際に競技に使う想定で試しておいて。こっちは修繕が終わった物から順次持ってくるわ」

「ああ、そっちは任せたぞ」

「ええ、そっちも手は抜かないでね」

紫藤先輩と双葉さんは、そうして体育倉庫に引っ込んだ。

修繕道具はすでに先輩が用意していたらしい。

「さて、ではこちらも始めるとするか」

そう言って、唯先輩は棒倒し用の長い棒の下に近寄った。

「まずはこいつからいこう。外からはなんの異常も見られないが、中身が脆くなっている可能性がある。激しいぶつかり合いで折れてしまわないかの確認だ」

唯先輩が俺のことを手招きする。

それに従って近づいた俺は、唯先輩と一緒に棒を天高く立たせた。

「さて、一応我が校の棒倒しのルールを説明しておくぞ。まず競技自体は男女別。そして攻撃側、守備側に分かれ、攻撃側は棒を倒すことを目標とし、守備側は倒されてしまわぬよう制限時間までそれを守り切ることを目的とする。これを交互に行い、棒を倒すまでのタイムが少ない方の勝利だ」

一回の攻めに与えられる時間は、三分。

三分を過ぎても棒が倒れなかった場合は、攻撃失敗。

その時点で攻撃側と守備側は交代し、新たな攻撃側の攻めが始まる。

人体に対する直接的な暴力、殴る蹴るなどは当然禁止。

許される行為は、手のひらで相手を押す、または逆に引っ張る行為のみ。

以上が、鳳明高校の体育祭で行われる棒倒しのルールである。

「人と人のぶつかり合いで生じる怪我については、ある程度致し方ないという判断が下される。問題なのは、この木の棒で何かが起きた時だ」

唯先輩が棒を手で叩く。

ずいぶんと長い棒だ。

こうして立たせておくだけでも結構力がいる。少し力を抜くだけで簡単に倒れてしまいそうだ。

ちゃんと力を入れて支えていないと、勝敗は一瞬で決まってしまうだろう。

「それで、どうやってその木の棒に問題がないかどうか確かめるんです？」

「実際に全員で引っ張り合ったり、ぶつかったりしてみよう。軋んだり、割れるような音がしたら問題ありだ」

だいぶ原始的だなぁ。

まあ他に確かめようがないけれど。

「じゃあウチ一人で突っ込むから、三人で守ってもらえます？」

そう言いながら、ひよりは準備運動を始める。

「ま、待て待てひより！　駄目だよ！　死人が出る！」

「ウチのことなんだと思ってるのよ……そう簡単に人は死なないわ」

「もっと自分のパワーのこと考えて！　俺は大丈夫だけど、唯先輩とルミじゃひとたまりもないよ！」

「逆にあんたはなんで大丈夫なの……？」

俺は慣れてるからね。でも他の二人は別。

ひよりの本気のタックルを受ければ、もしかしたら骨の何本か持っていかれてしまうかもしれない。

そんな大怪我のリスクを、美少女たちに負わせるわけにはいかないのだ。

「あ、じゃああたしがやろうか？　攻撃側」

「棒七が？　できるの？」

「できるのって……本番は一ノ瀬さんだけで攻めるわけじゃないでしょ？　皆で協力しないと」

「それはそうだけどさ……」

ひよりはずいぶんと不服そうにしている。

多分合法的に俺をぶっ飛ばしたかったのだろう。

ふう、危ないところだった。

「それじゃあ攻撃側は棒七に任せて、私たちは棒を守ろう。男子の力と比べると物足りないかもしれないが、強すぎる負荷で壊してしまっても本末転倒だからな」

唯先輩の言う通り、あくまで俺たちは備品の点検をしているのだ。

最初から強い力で確かめる必要はなく、徐々に負荷を増やしていけばいい。

「じゃあ、行きまーす」

手を挙げてアピールしたルミが、俺たち三人が守る棒に向かって駆けてくる。

「夏彦、棒を支えておいてくれ。私とひよりで棒七を取り押さえる」

「了解！」

言われた通り、俺は棒を強く持って倒れないように支えておく。

そして突っ込んできたルミと、守備側の唯先輩とひよりがぶつかり合い、揉みくちゃになった。

「くっ……進め、ない……！」

「棒七！　諦めるな！　このまま無理やり棒の方へ進め！」

「え!? は、はい！」

唯先輩の指示通り、ルミはさらに棒に迫ると、そのまま二人を乗り越えて進もうとする。

おそらく唯先輩もひよりも全力で止めにはかかっていないのだろう。

その証拠に、ルミの体はゆっくりと棒へと近づき始めた。

「よし、十分棒に近づいたな？　棒七！　そのまま飛びつけ！」

「っ！　なるほど……っと！」

ルミが、二人の体を押しのけて俺の支えている棒へと飛びつく。

確かにこういう形で棒が狙われることが多そうだ。

俺は最初に受けた指示通り、棒が倒れないよう全身を使ってしっかり支える。

しかし――――。

「お、おもっ……！」

棒が強く押し付けられた肩の辺りが、ミシミシと悲鳴をあげる。

すぐに激しい嫌な予感が俺を襲った。

「はぁ!?　ふざけんなよ夏彦！　あたしは重くねぇだろうが！」

「ち、ちがっ！　そうじゃなくて……！」

ルミが体重をかけているから、という理由はもちろんある。

しかしそれ以上に、この棒自体がめちゃくちゃ重い。

とてもじゃないけど、一人で支えることなんて不可能。

これを細腕の女子がやろうとすれば、潰されて大怪我をする可能性が高い。

「ったく、世話が焼けるんだから……！」

グラついている俺を見たひよりが、すぐに助けに入ってくれた。

おかげで俺の肩にかかっていた重さは分散し、本格的に痛める前に離脱することに成功する。

「夏彦、あんた大丈夫？」

「はぁ……はぁ……ああ、もう大丈夫。助かったよ、ひより」

「そう……でも確かにこれ、思ったよりも重いわね」

ひよりと協力して、棒をゆっくり地面に下ろす。

二人で持てばなんとか移動させることはできるけど、一人だとかなり危険であるように感じられた。

ここに人の重さが加わることは間違いないし、今回みたいに一人だけとも限らない。

「夏彦、怪我はないか？」

「はい……多分へいき――っ」

肩の具合を確かめようとした瞬間、ビキッと嫌な痛みが走った。

どうやら変に力を加えたせいで、軽く痛めてしまったらしい。

さすがに骨は無事だと思うけれど、大きく動かそうとすると痛みのせいで固まったように動けなくなる。

「え⁉　あたしなんかしちゃった⁉」

「ルミのせいじゃないから、そこはホントに大丈夫。いてて……」

攻撃側がルミじゃなかったとしても、俺はきっと同じような怪我をしていた。

人ひとりの重さでこのレベル。ぶっちゃけ競技として採用するかどうか再考察する必要がある気がする。

「一度アリスたちのところに戻って、怪我の具合を見てみよう。夏彦、動けるか？」

「はい、歩けます」

俺は唯先輩に支えられながら、なんとか立ち上がる。

うう、俺のしたことが皆に迷惑をかけてしまうとは。

我ながら情けない。

「よし。ひより、榛七、悪いが棒を端によけておいてくれ。ここにあると邪魔になってしまう」

「りょーかいです」

ひよりとルミを残し、俺と唯先輩は体育倉庫の方へと戻る。

「おいおい、大丈夫か？　花城」

そんな風に声をかけてくれたのは、様子を窺っていた甘原先生だった。

「はい……大したことはないと思うんで」

「ちょっと見せてみろ」

「え、甘原先生、怪我の具合とか分かるんですか？」

「これでも一応教師だからな。怪我の手当ての仕方くらい一通り分かるって」

ここにきて急に甘原先生が頼もしく見えてきた。

先生は俺の肩を持って、具合を確かめるように動かす。

痛みを感じるポイントを伝えていけば、先生はホッとしたように息を吐いた。

「ん、無理に踏ん張ったのがまずかったみたいだな。筋肉が変に突っ張って痛みが出てるだけだろう。湿布してあまり動かさないようにしておけば、大した時間はかからずに治るはずだ」

「よかった……！」

「でも痛みが激しくなったり、長く続くようならちゃんと病院行けよ。あくまで専門知識のない人間の判断だからな」

「分かりました、ありがとうございます」

「ま、大怪我じゃなくてよかったよ。じゃないとあたしも監督責任を問われるところだったしな」

軽口を叩きながら、甘原(あまはら)先生は笑う。

傍(はた)から聞くとあんまりいいセリフには聞こえないかもしれないけれど、俺はそれを空気を和ませようという彼女の優しさとして受け取った。

「車から救急箱を取ってくる。しばらくここにいろよ」

「はい……」

きちんと救急箱まで用意している辺り、甘原(あまはら)先生のしっかり者具合が分かる。

美人で、しかもこれだけ大人としてちゃんとしているのに、何故婚活サイトに頼らなければならないのだろうか――。

謎は深まるばかりである。

◇◆◇

「夏彦には悪いことしたかなぁ……」

「そこまで気にしなくてもいいでしょ。夏彦もあんたを責める気なんてまったくないでしょうし。あの程度でどうにかなるほどヤワな奴じゃないしね」

「そりゃお前にあんだけ殴られてればな」

八重樫センパイに連れられて、夏彦がグラウンドから去っていく。

残されたのは、ウチと榛七の二人。

ちょうどよかった。こういう機会が欲しくて、ウチは榛七を今日の活動に呼んだのだ。

「ねえ、榛七」

「なんだよ」

「あんた、夏彦のハチマキを狙ってるの？」

ウチがそう問いかけると、榛七の表情が固まった。

「図星みたいね」

「……どうして分かったんだよ」

「女の勘――――って言いたいところだけど。夏彦が言ってたのよ。あんたが体育祭の後の話をしようとしたって」

「チッ、あの唐変木め」

「あいつ、女子と交わした会話の内容は一言一句覚えてるのよ。恨むなら迂闊に口を滑らせた自分を恨みなさい」

「なんだよその特技は……まあいいや」

榛七は開き直った様子で、ウチに顔を向ける。

その目には、明らかな挑発が混じっていた。

「お前の予想通り、あたしは体育祭の後、改めて夏彦に告白するつもりだ」

やっぱり、とウチは息を吐いた。

大方そのままジンクス通りにハチマキを交換するつもりなのだろう。

永遠に結ばれるなんて噂を信じて。

「意外とあんたも乙女チックなのね。たまたま高校から付き合い始めて結婚に至ったカップルがいたってだけなのに、そんなジンクスを信じるなんて」

「馬鹿言うな。あたしはもっと現実的だぜ？」

「現実的って……どこがよ」

「ジンクスってのは、ある種の呪いだ」

呪い――――。

あまりにも日常的に聞き馴染みがないせいか、まったくもってピンとこなかった。

「いいか？　要はあいつの頭に植え付けてやるんだよ。ジンクスに従ってハチマキを交換した。つまり『自分の運命の相手はこの人なんだ』ってな」

「……」

「そうなったらもうこっちのもんだ。他の女があいつにちょっかい出しても、自分の運命の相手はこの榛七ルミであることを思い出させてやればいい。これでもうあいつの心はあたしから離れない」

不覚にも、少し感心してしまった。

こいつはジンクスにときめくだけの普通の女子とは違う。

ジンクスすらも利用する、男女の関係を熟知した策士だ。

しかし、そのプランにはまだまだ欠陥があるはず。

「ジンクスで呪いをかけるってのは分かったわ。だいぶ理にかなっているとも思う」

「だろ？　真似すんなよ」

「んなことするか。……でも、夏彦があんたの告白を受ける根拠はどこにあるの？　フラれたらジンクスもへったくれもないじゃない」

「はぁ？　何言ってんだ？」

榛七は心の底から分からないといった表情を浮かべる。

今の話の中で、必ず告白が成功する根拠について何か語っていただろうか。

「あたしの正面からの告白を受けて、オーケーしない男子なんていねぇだろ」

「……」

あー、なんて言うんだろう。

一周回って馬鹿だ、こいつ。

この溢れんばかりの自己肯定感は本当に見習うべきところがたくさんあると感じられるけれど、ここまで突き抜けてしまったのならそれはまた別の次元の話になる。

もはや暴走機関車でしょ、この女。

「それより、お前はいいのかよ」

「ウチ？」

「このままじゃあたしに夏彦を取られちまうぞ？　少しは手強い相手になるのかと思いきや、そもそも戦う気あんのか？　一ノ瀬」

目だけでなく、これに関しては分かりやすい挑発。

——上等じゃない。

「勘違いしないでほしいんだけど」

「……？」

「ウチがこうしてあんたに話を聞いてるのは、夏彦に手を出してほしくないからとか、そんなありきたりな理由じゃない」

「はぁ？　じゃあなんなんだよ」

「……あんたがウチに喧嘩を売っているのか、それを確かめるためよ」

ウチは舐められるのが大嫌いだ。

こいつになら勝てるなんて思われようものなら、完膚なきまで理解させてやりたくなる。

自分が一体、誰に手を出してしまったのかということを。

「ジンクスなんかに頼らずとも、あいつはもうウチのモノ。あんたなんかに奪える代物じゃないって、この際はっきりさせてやるわ」

「っ！　世界一可愛いあたしとの喧嘩を買うってわけだな。早いうちに諦めておけばいいのに……いい根性してるじゃん」

「それはこっちのセリフよ。現実を知って傷つく前に、さっさと身を引く準備をしておきなさい」

そう告げながら、ウチは榛七を睨みつける。

学校一のモテ女だかなんだか知らないけど、ウチに喧嘩を売ったこと、必ず後悔させてやらないと。

第四章　怪我と嫉妬と自慢話

俺が痛めてしまった肩は、三日後には完全に治っていた。

治ったとはいえ、棒倒しという競技自体の危険性は、かなり浮き彫りになってしまったと言える。

まあ元々安全な競技ではないと思っていたけれど、まさか自分が当事者となってその危険性を示すことになろうとは思ってもみなかった。

「――――と、いうわけで、緊急会議よ」

八月の半ばに差し掛かろうといったところ。

生徒会役員は再び学校へと招集された。

「夏彦（なつひこ）、怪我はもういいんだな？」

「はい、すっかりよくなりました」

俺は皆の前で、腕を回してみせる。

もうまったくなんの違和感もない。

「花城（はなしろ）君には申し訳ないけれど、あなたのおかげで棒倒しの危険性がはっきりしたわ」

「自分の犠牲が役に立ったならよかったです。……あの棒、なんであんなに重かったんですかね？」

「推測でしかないけれど、連日の雨で湿気を吸いすぎていたのかもしれないわね……」

紫藤(しどう)先輩が調べてくれたところ、三年ほど前に行われた棒倒しでは、重傷人はいなかったらしい。

そういった要素も鑑(かんが)みて、鳳明高校では禁止されなかったようだ。

「湿気が問題だったって話なら、ウチらで今から注文すれば体育祭までにはまともな棒が届くんじゃないですか？」

「そうかもしれないけれど、やっぱり怪我人が出たって事実は無視できないわ。万が一これで体育祭でも怪我人が出れば、いくら私たちが危険性は排除したつもりだったと主張しても、説得力がないもの」

「まあ、確かに」

こうなってしまった以上、競技を変更した方が早くて安心なのは間違いない。

問題は代わりの競技を何にするかという話だけど――。

「新競技についてだが、棒倒しを改良したものならどうだろうか？」

「棒倒しを改良？　唯(ゆい)、どういうこと？」

「まず砂山を用意するんだ。そしてその頂上に小さな棒を刺す」

「……それで？」

「それぞれのチームが順番に砂を取り、最終的に山を崩して棒を倒してしまったチームが負けだ！」

「……唯？　それただの砂遊びだから。〝体育〟祭には相応しくないと思うわ」

「む、そうか」

先輩二人の会話を聞いて、俺は思わず吹き出す。

唯先輩のポンコツっぷりも、場を和ませたい時にはすごくありがたい。

「確か、棒引き用の棒は別で見つかりましたよね？　あれを使って棒引きを競技に入れるのはいかがでしょうか」

「うん……今のところそれが最適解かもしれないわね。ただ少し小さいとはいえ棒を扱うことに対しての危険性は無視できないから、できればもっと道具自体を使わない競技がいいかも」

「なるほど……」

俺たちが他に特に思いつかない以上、双葉さんが提案した棒引きは決して悪い案ではない。

今から新競技を考えたとしても、もし特殊な道具を使うものであれば発注から届くまでにかなり時間がかかる。

道具が用意できないなんて話になったら、それこそ生徒会の過失だ。

「歯がゆいな……皆に体育祭を思う存分楽しんでもらいたいのに、運営側にいる我々がこうして安全策ばかり取るしかないとは」

唯先輩がボソッと言ったその言葉で、俺はハッとさせられる。

確かに自分たちは、どの競技なら皆が楽しんでくれるかという話ではなく、どの競技なら自分たちの失態にならないか、そればかり考えていた。

企画運営側の人間として、あまりにも情けない。

ただ、攻めっ気を出しすぎると危険性を無視することにも繋がってしまう。

そうなれば、この居心地のいい空間は消えてなくなる。

（それは……嫌だな）

改めて俺は、生徒会の面々を見る。

唯先輩、紫藤先輩、ひより、双葉さん。

一緒にいた時間はまだ少ないし、ひより以外のプライベートの話なんてほとんど知らないと言っていい。

だけどここにある繋がりは、まだまだこれから。それが途中で終わってしまうなんて、あまりにも残念だ。

「繋がり……あ！」

あることを思いついた俺は、とっさに声を上げた。

皆は驚いた様子で、こちらに視線を向ける。

「何よ、騒々しいわね……」

「ムカデ競走……！　ムカデ競走なら、皆きっと楽しんでくれますよ！」

「ムカデ競走って……あの足を繋げて走るやつ？」

「そう！」

足同士を紐で繋げ、チームメイトと力を合わせて勝利を目指す。

それこそがムカデ競走。

この競技のいいところは、まず紐さえあれば競技の準備は整うという部分。

それに競技中に体勢を崩したとしても、お互いがお互いのクッションとなり、他の競技と比べて動けなくなるほどの大怪我を負いにくいはず。

繰り返しになるけど、あくまで棒倒しや棒引きのような激しい競技と比べてという話だ。

怪我をする確率がゼロになるとは言っていない。

しかし、不安の残る棒引きよりは、俺たちのニーズに適っているはずだ。

「ムカデ競走……うん、悪くないんじゃないかしら」

一番にそう言ってくれたのは、紫藤先輩だった。

「偶然だと思うけど、ここ五年間でムカデ競走は一度も行われていないわ。これなら教師も生徒も新鮮な気持ちで楽しめる気がする」

「へぇ……たまには夏彦もいいこと言うじゃない」

ひよりに褒められた俺は、照れ臭さで頬をかく。

「形式としては男女混合がいいかしら。その方がある程度時短にもなるわよね」

「はい、それでいいと思います！　合法的に女子の肩に手を置けますし」

「……」

「……」

華麗なスルー。

すみません、調子に乗りました。

「馬鹿は放っておくとして、棒倒しの代わりはムカデ競走でいいんじゃないですか？　危険も少なそうだし」

最後の砦であるひよりにまでスルーされた。

お願いですからツッコミを入れてください。どれだけ殴られてもいいんで。暴力歓迎！

「楽しそうだな！　ムカデ競走！　私は賛成だ」

「私も異論はありません」

唯先輩、双葉さんからも賛同を得ることができた。

ありがたい。怪我で心配させてしまったことに対する罪悪感が、これで少しばかり薄れた気がする。

「それじゃあ改めて、棒倒しの代わりはムカデ競走とします」

生徒会室のホワイトボードに並べられた、体育祭の種目たち。

そこにあった棒倒しの文字が消され、新たにムカデ競走が追加された。

「これと前回中断してしまった分も含めて、改めて安全性と競技性を検証する必要があるわね……」

「もう一回深夜に集まるってことですよね？　ウチの親は事情を説明すれば理解してくれるタイプですけど、他の人は大丈夫なんですか？」

ひよりの質問はもっともだと思った。

俺の家は両親共にいないことの方が多いし、特に何か許可を取る必要もない。

しかも男だ。時間帯による危険も少ない方だと言える。

これが女子となると話は大きく変わるはずだ。

「私の家はほとんど両親が帰ってこないから、夜中の外出も問題ないぞ」

「うちは唯の家に泊まるって言えば基本的になんでも通用するわ。唯のポンコツっぷりは家族ぐるみで知っているから」

上手い説得方法だ。

唯先輩の事情を知っているのであれば、これ以上ない説得力となるだろう。

「私もひより先輩が一緒にいると伝えると安心してくれるので、一人でなければ問題ありません」

「か、家族ぐるみでひよりの信者なんだ……」

「もちろんです。空手の大会で応援に来てくれた時、うちの両親もひより先輩の活躍を見ていますから」

あらまあ。

双葉さんの両親が安心する理由はよく分かる。

猛者の集う大会であれだけの無双劇を見せられたら、誰だってそうなるもんね。

「全員問題なさそうだし、検証の日に関してはこの後決めていきましょう。今は別の種目について――――ん？」

紫藤先輩の仕切りで次の話題に進みそうになった時、生徒会室の扉が外から叩かれた。

「あ、ウチが開けます」

ひよりが扉を開けると、そこには一人の女子生徒が立っていた。

外見の印象は、健康的な褐色肌とショートヘアが特徴の美少女。

その雰囲気から、間違いなく運動部であることは分かる。

上履きの色を見るに、どうやら三年生のようだ。

「オーッス！　元気かー！　八重樫と紫藤！」

馬鹿でかい声が耳を貫いた。

なんてよく通る声だろう。双葉さんなんて目を閉じてフリーズしてしまっている。

「……生徒会に何か用事？　龍山さん」

紫藤(しどう)先輩から龍山と呼ばれた彼女は、よくぞ聞いてくれましたとばかりに胸を張る。

「甘原(あまはら)先生に今日は生徒会の活動日だって聞いてな！　体育祭実行委員長として挨拶させてもらいに来た！」

「ああ、そういうこと」

体育祭実行委員——。

生徒会が体育祭の企画運営に関わっているとしたら、体育祭実行委員は行事自体を円滑に進めるための進行役だ。

名前に反して今は俺たちの方が体育祭に深く関わっているけれど、当日になったらこの構図は逆転する。

競技の審判、クラスメイトの誘導など、それらのほとんどが実行委員の仕事だ。

逆に当日の生徒会の仕事は、タイムキーパーと得点の集計くらいで、実際に動かなければならない仕事は少ない。

「お、ひよりに椿姫(つばき)！　そうか、お前たちも生徒会役員だったな！」

「……お疲れ様です、龍山センパイ」

「どうした⁉　元気がないぞ！」

「龍山センパイと比べれば誰だって気合不足ですよ」

「お、そうか！　では次の部活ではメンタルトレーニングを重点的に行うぞ！」

「げっ……」

露骨に嫌そうな表情を浮かべているひよりが気になり、俺は小声で話しかける。

「ねぇ、楽しげに話してるけど、もしかして空手部の先輩？」

「どこをどう聞いたら楽しげな会話なのよ……そう、あんたの言う通り部活の先輩よ。女子空手部主将、龍山晶先輩」

「へぇ……」

なるほど、どうりで親しげなわけだ。

「お？　君はもしかして花城か？」

「へ？　あ、はい。そうですけど……」

「そうかそうか！　君だったか！　ひよりの恋人という男は！」

「「ぶっ――――」」

俺とひよりは同時に吹き出す。

いきなり何を言い出すんだ、この人は。

「え、花城君とひよりちゃんってそういう関係だったの……？」

「違いますから！　こいつとはただの幼馴染です！　ほら、あんたも否定しなさい……！　今すぐ！」

そう言いながら、ひよりは俺の胸ぐらを掴み上げて揺さぶる。

ははは、珍しく照れているようだね、ひより。

必死に否定する姿は大変可愛らしいけれど、ワイシャツで首元が締まりつつあることだけはなんとかしてもらっていいかな？

「ひ、ひよりの言う通り、俺たちはただの幼馴染ですよ。ちょっとばかしただならぬ関係であることは間違いありませんが……」

「遺言はそれだけ？　大丈夫、あんたを殺したらすぐにあたしも後を追ってあげるわ。七十年後でいい？」

「八十歳まできっちり生きるつもりじゃないか！」

心中なんてとんでもない。

この女、しっかり生にしがみついているぞ。

「仲がいいな！　さすがはカップルだ！」

「だから！　カップルじゃないですっ！」

「そうなのか？　だが空手部の皆はいつも噂していたぞ？」

「ど、どこからそんな噂が……」

「だっていつも一緒に弁当を食べているのだろう？　みんな見たと言っていたぞ」

「それはただの習慣ってだけで……！　くっ」

これ以上否定しても時間の無駄だと判断したのだろう。

ひよりは悔しそうな表情を浮かべた後、俺から手を離した。

「こいつとは付き合ってないんで、今度噂してる奴がいたら、ちゃんと否定しておいてくださいね」

「えー、そんなに仲がいいのに、本当に付き合っていないのか？」

「付き合ってないったらないんです！　いいですね!?」

「あ、ああ、分かった」

ひよりの剣幕に押され、龍山先輩は頷いた。

というかひよりの奴、やけに必死だな。

そんなに俺と恋人関係って噂されることが嫌なのだろうか？

しまいには泣くぞ？　俺。

「しかしそこを否定するとなると、もしやひよりは独り身か？」

「独り身って……まあそうなりますけど」

「うむうむ、そうかそうか！」

「……何が言いたいんです？」

龍山先輩は得意げな表情を浮かべた後、スマホの画面を俺たちに見せてきた。

そこには龍山先輩と、優しそうな眼鏡の男子生徒が映っている。

男子生徒は細身ではあるものの、決してガリガリというわけではなく、精悍（せいかん）な印象を受けた。

顔はだいぶ整っている。

誰がどう見ても十分イケメンと言える部類だ。

「この高校最後の夏！　ついにアタシにも春が来たぞ！」

「なっ……！」

その言葉を聞いて、ひよりが驚く。

そして彼女だけにとどまらず、紫藤先輩までもがかなり驚いた様子を見せていた。

「龍山センパイに彼氏……!?　あのゴリラが服を着て歩いてるとまで言われた女子力皆無のセンパイに……？」

「おい、アタシはそんな風に陰口を叩かれていたのか？　ちゃんと傷ついたぞ」

「あ、すみません。でもウチは言ってないんで」

「本当だろうな……？　まあ、うん、そうなんだよ。これがアタシの彼氏だ」

いまだスマホの画面を見せつけながら、龍山先輩は照れた様子で体をくねらせている。

みんな何を驚いているのだろう？

これだけ健康的な魅力を持つ龍山先輩に、彼氏ができないわけがない。

ただ、この写真に写っている彼氏に関しては、なんとかして一発ぶん殴りたい。

何故って？　羨ましいからだよ。

「私も少し驚いた。確かこの男は三年D組の天野だろう？　定期テストでは必ず学年トップフアイブに入ってくる秀才だ。私は人間関係まで把握しているわけじゃないが、お前と彼に接点があったことが驚きだな」

「八重樫がそう思うのも仕方ない。ほら、アタシって勉強できないだろう？　テストは毎回赤点か、赤点ギリギリばかり。そんな成績を見かねて、教師経由で天野――じゃない、ゆーすけが勉強を見てくれることになって、関係が始まったという感じだ！」

「なるほどな……何はともあれめでたいな。だが学業や部活をおろそかにするなよ？」

「それについては任せてくれ！　せっかくゆーすけ――じゃない、ゆーくんが上げてくれた成績だ。落とすわけにはいかない。それに空手部に関しても次の大会が引退試合になる。今までの集大成……アタシのすべてをかけて挑むつもりだ！」

「……そうか。お前は我が校の希望の一つ。目を見張る活躍を期待する」

「ああ！　任せておけ！」

だんだん彼氏の呼び方が甘ったるいものに変わっていったのは聞き逃せなかったが、えらくまともな会話だったな。

生徒会役員ではない龍山先輩が相手ということで、唯先輩もパーフェクト会長モードだ。

「はははっ！　まあそういうわけで、アタシは今とても幸せだ！　ひより、お前も後に続けよ！」

「余計なお世話ですよ……もう」

不貞腐れているように見えて、ひよりの目はとても優しい。

なんだかんだ言いつつ、きっと龍山先輩のことをとても尊敬しているのだろう。

確かにこの人はすごく温かい雰囲気を持っている。

熱苦しいくらいのその明るさは、周りの気分すらも一緒に上げてくれるのかもしれない。

「というわけで、アタシは帰る！　ひより！　椿姫！　また活動日に会おう！」

そう言い残し、生徒会の扉がピシャリと閉められる。

残された俺たちは、ただただ呆気にとられていた。

「……え、もしかして本当に自慢しにきただけなの？」

「うちのセンパイがすみません、ほんとに」

「ま、まあ元々そういう人っていうのは知ってたから」

紫藤先輩はそうフォローを入れるが、正直あんまり意味をなしていないと思います。

「まあ今後体育祭実行委員とは密接に関わっていくことになるし、どういう形であれ顔合わせができてよかったわ」

「体育祭当日は、俺たちの仕事ってあんまりないんですよね？　やっぱりそれまでに仕事の引き継ぎみたいなことってするんですか？」

「ええ。私たちがこういうスケジュールにした意図とか、競技に対する注意事項を綿密に共有する予定よ」

「なるほど、そのためにもちゃんと検証して、実際の危険性を理解しておく必要があるんですね」

やっぱりただ調べただけの知識と、実際に体験して得られる知識では、大きく質が変わる。

企画運営側として言葉に説得力を持たせるためにも、やはりこの身で調べるというのは必要なことなのかもしれない。

「さて……改めて検証のために集まる日を決めましょう。夏休みも半分を切ったけれど、ここからまた少し忙しくなるわよ」

紫藤先輩の言葉を受け、俺たちは全員気合を入れ直した。

◇◆◇

「ダーリン！　お疲れ様っ！」

会議が終わって生徒会室を出た途端、聞き覚えのある声が聞こえてくる。

いつかのデジャヴを感じつつ顔を向ければ、そこには案の定ルミがいた。

「ほんと偶然！　あたしたちやっぱり運命の糸で繋がれてるってことかな♡」

「う、うん……そうかもね」

そう俺が返した次の瞬間、同じく生徒会室からひよりが出てくる。

その瞬間、妙に空気が凍りついた――――ような気がした。

「あ、一ノ瀬(いちのせ)さんもいたんだ」

「そりゃこいつと同じ生徒会役員なんだから、基本的には一緒にいるわよ」

「ふーん……」

二人がそんな会話をしているうちに、残りの三人も部屋から出てくる。

その中にいた唯(ゆい)先輩は、ルミを見つけた途端嬉しそうな顔をした。

「おお！　榛七(はるな)じゃないか！　この前は助かったぞ」

「そ、それはよかったです」

ぐいぐいと来る唯(ゆい)先輩に対し、ルミは少し引き気味だ。

普段の猫被(ねこかぶ)りが若干乱れているところを見るに、もしかすると飾りっ気のない素直な相手、つまりは純粋すぎてコントロールできない相手が苦手なのかもしれない。

こういう相性が分かると面白いね。ＲＰＧをやっている気分になる。

「ちょうどよかった、榛七(はるな)さん。今少し時間あるかしら？」

「はい、大丈夫ですけど……」

紫藤(しどう)先輩に声をかけられたルミは、今度は妙にしおらしくなった。

これは完全に私見なのだけれど、ルミと紫藤(しどう)先輩はどことなく根っこが似ている気がする。

もちろん性格なんかは違うように見えるし、雰囲気もまったく違う。

しかしこう、生き方が近いというかなんというか。

外面を保ったり他者をコントロールする術に長けている部分が、近しいものを感じる要因になっていると思う。

「今度また夜に集まって検証をすることになったの。日程は少し急なんだけど、もし可能ならまた力を貸してもらえないかしら？」

「あ、あたしでよければ全然……ママもパパもちょっとゆるいから、ちゃんと先生が一緒にいるって言えば許してもらえるんで」

「それなら安心してお願いできるわね」

次の検証日も、ルミは来てくれるらしい。

ありがたいね、何故か気が休まらないけど。

「……榛七先輩」

その時、それまで黙っていた双葉さんが、突然ルミの名前を呼んだ。

「え、えっと……双葉さん、だっけ？」

「はい。さっき少し声が聞こえたのですが、榛七先輩と花城先輩はお付き合いなさっているのですか？」

「え⁉」

「ダーリンと呼んでいたようなので」

俺たちの間に緊張が走る。

さっきのやり取りが聞こえていたようだ。

別にルミとしては聞かれても問題ないはずだけれど、改めて吐いた言葉を指摘されると恥ずかしくなることってあるよね。

「なんだと？　夏彦、お前はひよりだけに飽き足らず榛七にも手を出しているのか？」

「誤解ですよ!?　そもそもひよりに手を出した覚えもないです！」

「やるなぁ……プレイボーイというやつか」

何故か唯先輩は俺を見て目を輝かせている。

この美少女、危険だ。

毎回こんな風に爆弾を落とされようものなら、体が持たない。

「……ダーリン、もしかして浮気してるの？」

「おほっ」

ルミが俺の腕に絡みつく。

その際に彼女の柔らかな胸元の感触が腕に触れた。

今漏れた情けない声は、それのせい。

俺に訪れた、わずかコンマ数秒の幸福。

しかしその向こうに待っていたのは、ギリギリと腕に食い込むルミのネイルによる痛みだった。

「ダーリンの彼女はあたしだけだよね？　ね？」

「うっ……」

ルミの潤んだ瞳が俺を貫く。

彼女、やはりやり手だ。

周囲に俺の身近な人間が多くいるこの時を好機と見て、外堀を埋めようとしている。

俺が自分の下にしかこれないように、完全に囲ってしまう気だ。

まずい、このままではルミに堕ちてしまう。

それはそれで本望だけれど、悪女だと分かっている以上ささやかながらも抵抗したい。

俺にも人並みくらいのプライドはあるのだ。

――あるよね？

「すみませんっ！　ちょっと花城君借りてもいいですか？　今後のことを話し合わないといけないみたいなので！」

「え、ええ。もう会議は終わったから、花城君さえよければ……」

「ありがとうございます！　じゃあ借りていきますね！」

ふふふ、俺の都合は無視みたい。

でもいいさ、女の子はそれくらいワガママじゃないとね。

それを受け入れられるのがいい男の嗜みだと俺は思う。

俺はすべてを諦め、ずるずると腕を引かれていった。


「……ここまで来れば誰にも聞かれてねぇだろ」

だいぶ遠くまで引きずられていった俺は、とある空き教室の中に引きずり込まれた。

カーテンが閉められた室内はどことなく埃っぽく、ジメジメとした湿気がなんとも言えない不快感を与えてくる。

「悪いな、こんな暑苦しいところまで連れてきて」

「俺はいいけど、ルミが汗だくにならないか心配だよ」

「……お前も大概変わってるよな、そういうところ」

「……？」

何故かルミは呆れた様子で俺を見ている。

今の会話にどこかおかしなところがあったのだろうか？

「それで、どうして俺をこんなところまで連れてきたの？　っていうか、こうして夏休み中の学校で会うのは二度目だよね？　偶然にしてはちょっと会いすぎっていうか……」

「そりゃそうだろ。あれからお前と会うために、毎日学校に来て課題か勉強してんだから」

「え……そんなことしなくても普通に連絡してくれればいつだって会いに行くのに」

「馬鹿だな、お前。あたしから会いたいなんて言ったら、負けた気分になるだろうが」

「う、うーん……？」

分からない。俺に会いたいと思ってくれているのなら、すぐに連絡を取ればいいだけの話ではないのだろうか？

――そういう話じゃないんだろうな、多分。

理解できないことを最初から否定するのは愚の骨頂。

まずは受け入れる姿勢を見せないとね。

「ん？　というかそれを俺に言っちゃったら結局意味ないんじゃ？」

「大丈夫、帰る時にお前をぶん殴って記憶飛ばすから」

「物騒すぎる！」

記憶を飛ばすなんて、一体どれほどの力で殴るつもりだろうか。

頭蓋骨が陥没しないといいなぁ。

「……ま、冗談だよ。あの一ノ瀬（いちのせ）だってそんなことはできねぇだろうし」

「え？　ひよりならできるよ？」

「できんのかよ」

空手の大会で、ひよりが殴り飛ばした相手が試合開始前から終了後に至るまでの記憶を失っていたことがある。

脳を揺さぶるほどの衝撃と、それを与えられるだけの拳に対する恐怖が、そういった症状を引き起こしてしまったらしい。

一応ひよりのために補足しておくと、相手の脳に異常はなかったそうです。

なので人殺しにはなっていません。……まだ、ね。

――なんて冗談は置いといて。

「話の腰折っちゃってごめん。それで、どうして俺をこんなところに？」

「……ほら、最近あんまりなかっただろ」

「……何が？」

「っ！　二人きりで話す時間だよ！　お前にはあたしの気持ち伝えてあるよな⁉　分かってるならもう少し気を使え！」

「ま、まだ付き合ってもないのに⁉」

「うっ……確かに付き合ってねぇけど！　お前はあたしが落とすってずっと言ってるだろうが！」

ルミは少しばかりヤケになった様子で、そう叫ぶ。

な、なんと萌える主張だろうか。

要は俺に構ってもらえなくて不満だと。

まさか俺をそんな風に求めてもらえるとは、人生捨てたもんじゃないね。

「あたしを無視して一ノ瀬(いちのせ)とばかり絡みやがって……」

「いや、ひよりだけじゃないよ？　大体は生徒会の皆と一緒に活動してるから」

「なおさら悪いわ！　女に囲まれて鼻の下ばっかり伸ばしやがってぇ……！」

「ほ、頬をつねらないで……！」

俺の両頬を指でつまんだルミは、そのまま力任せに顔面を揺すってきた。

もちろん痛みはあるが、主張が主張なので全然痛くない。

「いいか⁉　お前を落とすのはこのあたしだ！　あたし以外の女に鼻の下を伸ばしてんじゃねぇ！」

「そ、そんな無茶な……」

「うるせぇ！　あんまり……そ、その……あたしをモヤモヤさせんなよ」

ルミの顔は徐々に赤くなり、やがて力なく俺の頬から手が離れていく。

途中からめちゃくちゃ恥ずかしくなってしまったのだろう。

うん、やっぱり素のルミの方が好きだな、俺。

「……おい、体育祭の後空けとけよ」

「え？　まあ特に何も予定はないし、別にいいけど」

「絶対だぞ！　……少しだけでいいから」

そう言い残して、ルミは部屋を出て行ってしまう。

残された俺は教室でしばらく呆然とした後、一人で部屋を出た。

棒七と夏彦が去った後、彼らがいた空き教室の前にある廊下の陰から一人の少女が出てきた。

夏彦のよく知る幼馴染である彼女は、壁に背を預け、ため息をつく。

「……やっぱり本気なのね、あいつ」

そう呟き、彼女――一ノ瀬ひよりは、その場を後にした。

第五章　俺がラッキースケベで喜ぶと思うなよ

「そっち側を結んで、そうそう。あとはこっちを結んでいけば……うん、完成ね」

白い紐が俺たちの足元を繋いでいる。

時刻は再び深夜。

鳳明高校のグラウンドに集まった俺たちは、体育祭の予行練習を行っていた。

パッと見てすぐ分かる通り、これはムカデ競走の検証。

並び順は、前から俺、ひより、紫藤先輩、ルミ、唯先輩、双葉さん。

ムカデ競走のコツは、背が高い順に並ぶこと。

俺が先頭にいるのは、そういうわけである。

背後から感じる美少女たちの息遣い。なんともたまら――――。

「夏彦、ウチの位置ならいつでもあんたの意識を奪えるってことを忘れないでね」

「ハイ……」

おっと、危ない危ない。

ひよりには何故か考えていることが筒抜けなんだった。

しかし、一体何故だろう。もしかして外見から何かそういうオーラでも出てしまっているのかな？

「それじゃあこのままグラウンドを一周してみるわよ。花城君、ゆっくり進んでもらえる？」

「はい。じゃあ右足から行きますよ」

せーの、という掛け声と共に、俺は右足を出す。

その瞬間、右足に強い突っ張りを感じて、俺はバランスを崩しかける。

「きゃっ！ な、何⁉」

今の声はひよりか。

想像以上に可愛らしい声だったね。ドキドキしちゃう。

「あ、すまない。こっち左足か」

どうやらつっかえた原因は唯先輩だったらしい。

なんとも先輩らしいミス。

というか、ちょっとこの検証まずいんじゃないか？

唯先輩がポンコツを発動した時に、フォローが間に合わない可能性がある。

今みたいなミスならまだそんなに違和感もないけど、これ以上大きなことを連続でかますようなら庇いきれないぞ……？

「あ、あるわよね！ そういうミスも！ さて、仕切り直しましょう！」

紫藤先輩の声は、どこか上ずっている。

おそらく彼女も現状の危険度を理解したようだ。

ひよりと双葉さんもそれに気づかないわけはなく、二人の間にも緊張が走った気配がする。

「じゃ、じゃあもう一回右足から行きますよ⁉」

「頼んだわよ……！　花城君！」

普段とは違う紫藤先輩の必死な声。

ここからは俺たちも命がけと言っていい。

「せーの……！」

俺の掛け声と共に、今度こそ足が進み出す。

ただ、めちゃくちゃ遅い。

もはや腰の曲がった老人だけでやっているようだ。

「さ、さすがに遅いんじゃないですか？」

「そうね……も、もう少し速度を上げましょう」

ルミの指摘もあり、俺たちは速度を上げることを試みる。

しかし、頭の片隅によぎるのだ。

速度を上げた結果、唯先輩のポンコツが発動したらどうしようと。

「そうだ……！　もっと声を合わせていきましょう！」

このままでは埒が明かないと判断した俺は、そう皆に呼びかけた。

もっとタイミングが合うようになれば、速度だって必然的に上げていけるはず。

いち、に。いち、にと、俺たちは一歩ずつ息を合わせて進んでいく。

そしてなんとかトラック一周分を走りきり、スタート地点へと戻ってくることができた。

「ふー！　一回目でも意外といけるものですね！　……って、どうして皆そんな疲れてるんですか？」

「はぁ……はぁ……ル、ルミは、気にしないで？」

ルミにそうフォローを入れつつ、俺は息を整える。

他の皆も、その顔には疲労が浮かんでいた。

まさかたった一周走るだけでこれだけのカロリーを使うとは、誰も思っていなかっただろう。

「夏彦……このままじゃ身がもたないわ。いえ、どちらかというと心がもたないかも」

「分かってる……俺も同じ意見だよ」

珍しくひよりが弱音を吐いた。

それがどれだけ大事なのか、ずっと一緒にいた俺なら分かる。

唯先輩のコラージュ画像が出回ってしまった時はかなり大きな規模で危険な状況だった。

しかし今回は、もちろん規模としてはだいぶ小さいものの、あまりにも外部の人間と唯先輩の距離が近い。

唯先輩のポンコツがいつどういう形で発動してしまうのか分からない状況が、ずっと続いているのだ。

男子諸君に分かりやすく伝えるならば、いつ母親が入ってくるか分からない状況で、エロい動画を見ているようなもの。

そんなの、精神がすり減らないわけがない。

（とはいえ……一回で終わるわけにはいかない、ですよね？）

一応アイコンタクトで紫藤先輩に確認してみるが、彼女は黙って首を横に振った。

そりゃそうだ。たった一回の検証で危険性が判断できるのなら、きっと怪我人の数は大きく減っている。

「やるしかないみたい……」

「そうね……」

ひよりと意見が合致する。

ここで取れる選択肢はただ一つ。

とにかく全力でムカデ競走に臨むこと。

上手くリズムに乗ることができれば早く終わるし、仮に失敗したとしても、急に速度を上げればそりゃ慣れないよねって言い訳もできる。

「じゃあ、もう一度行きますよ……！」

掛け声を合わせ、俺たちは再びグラウンドを駆け始める。

驚くことに、急にスピードを上げたはずが全員ミスすることなくついてきていた。

これは一致団結した俺たちの絆の力か。

ともかく俺たちは、やけに好調なスピードでトラックを半周することに成功する。

（あと半分……！）

順調も順調。

しかしこういう時に限って、反動のように不幸が訪れるというのが世の常。

そして案の定、その不幸は俺たちに襲い掛かってきた。

「っ！　あ、あー、下腹が、ダルダルしてきましたー」

「「ッ⁉」」

俺とひより、そして紫藤先輩の体がビクッと跳ねたのが分かった。

えらく間抜けな言葉を大きな声で告げたのは、一番後ろを担当している双葉さん。

「双葉さん⁉　急にどうしたの⁉」

「な、なんでもありません。榛七先輩は危険ですので、そのまま前を見ていてください」

「わ、分かったけど……」

ルミは、双葉さんの言葉の意図に気づけない。

それもそのはず。今の文章は、俺たちの間で決められたポンコツ対策用の隠語なのだから。

『下腹』は、唯先輩の下半身にまつわることで、パンツやズボンといった衣服のことを指す。

そして『ダルダルしてきた』は、脱げそうという意味。

つまりさっきの隠語は、『唯先輩のズボンが脱げそう』という意味になる。

――え、まずくないか？

（こ、こんな時に……！）

あまりにも分かりやすい緊急事態。

おそらくだけど、唯先輩はジャージの紐を結び忘れてしまったのだろう。

それがこの激しい動きによってずり下がり始めているのだ。

この状況、相当まずい。

まず位置の問題。

俺、ひより、紫藤先輩は、ルミよりも前にいる。

唯先輩はルミの一つ後ろにいるため、俺たちが直接助けることができない。

次に視界の問題。

これは俺たちやルミの話ではなく、遠くで俺たちの様子を見ている甘原先生の視界だ。

上手くやれば、双葉さんが唯先輩のズボンがずり落ちるのを支えることができるかもしれない。

しかしその様子をもし甘原先生に見られれば、何をしていたのか疑問に思われてしまう可能性がある。

最終的には取らざるを得ない手段かもしれないけど、できれば避けたい。

だとすると、一見この場で足を止めてしまうことが最適解のように思えてくる。

ただこれに関しても、大きな問題が一つ。

たとえば俺がほどけた靴紐を理由に止まることを要求したとする。

そうすれば、足を止めて唯先輩のズボンを元の位置に戻すことは可能かもしれない。

しかし万が一にもルミが一息つくついでに振り返りでもしたら、ズボンを必死に元の位置に戻そうとする唯先輩と双葉さんの姿がバッチリ見えてしまう。

それもまあ、アウトっちゃアウトだ。

(どうする……⁉)

足を動かしつつ、必死に頭を働かせる。

このまま進み続けても、トラックをもう半周したタイミングで甘原先生に半脱ぎ姿をはっきり見られてしまうはずだ。

ゴールするよりも早く、このタイミングでなんとかするしかない。

「夏彦……!　あんた痛い思いをする覚悟ある？」

「え⁉」

後ろからひよりに声をかけられ、俺は思案する。

痛い思いをする覚悟なんて、そんなもの――――。

「ひよりの拳よりも痛くないなら、どんなことでも耐えられるよ……！」

「そう、じゃあ問題ないわ」

俺の肩に添えられていたひよりの手に、力がこもる。

「受け身のことだけ考えなさい。あんたを今から転ばせるわ……！」

「っ！　なるほど……！」

俺が転べば、まず全員の足が確実に止まる。

そしてすべての視線は、転んだ俺へと向けられるはずだ。

双葉（ふたば）さんなら、その意図を汲（く）んですぐに唯（ゆい）先輩のズボンを直してくれる。

確かに俺は少し痛い思いをするかもしれないけれど、タイミングさえひよりが伝えてくれれば――。

「行くわよ……！」

ひよりは俺の肩を強く押すと同時に、その足を急停止させる。

押される力と、足が引っかかった際の慣性が合わさり、俺の体は綺麗（きれい）に前のめりに倒れこんだ。

しかし前もってひよりから注意されていたため、俺は腕をついて受け身を取ることに成功する。

（よし！　完璧だ！）

これでムカデは止まり、注目もすべて俺に集まる……はずだった。

「あ、ごめん、夏彦（なつひこ）」

「え？」

倒れたままの俺の上に、人ひとり分の重さがのしかかる。

ひよりがどうやら勢い余って倒れこんでしまったらしい。

まあまあ、ここまではよかった。

問題が起きたのは、これの後。

「え⁉　ちょ、ちょっと……！」

ひよりの上に、さらに紫藤（しどう）先輩が重なってくる。

人間二人とはいえ、所詮は軽い女子の体重。

ここまでも許容範囲。

しかし――――。

「紫藤（しどう）先輩⁉　きゃぁ⁉」

そんな声と共に、ルミの体重……つまりは三人分の重さが俺へとのしかかってきた。

ぐぇ、と、思わず声が漏れる。

名誉のために言っておくけれど、決して彼女たちが重たいというわけではない。

問題なのは、三人分という部分。

合計して百キロ以上の重さが、一気に俺へと覆いかぶさってきたのだ。

誰だって声の一つや二つは漏れるだろう。

「おいおい、大丈夫かお前たち」

上から聞こえてくる唯先輩の心配の声。

どうやら唯先輩から後ろは転ばずに済んだらしい。

きっと今のうちに双葉さんがズボンの紐を結び直してくれていることだろう。

ならば俺たちはもう用済み。

こうして転んでいる必要は、もうない。

「あ、あれ……？」

そう思ってもぞもぞと体を動かそうとしたのだが、上に乗った重さのせいでまったく身動きが取れない。

しかも足の紐まで変に絡まってしまっているようで、特に膝から先が上手く動かせなくなっていた。

「ちょ、ちょっと夏彦⁉　もぞもぞ動かないでよ！」

「そ、そんなこと言われても……！」

「あ、ちょっ……変なところ触ってない⁉　あとでぶっ殺す……！」

「それに関しては本当に誤解だ！」

背中に触れているひよりの温もり。

温かみを通り越してむしろ熱いくらいのその温度を楽しみたい気持ちはあるけれど、正直息苦しさでそれどころではない。

というか、さっきからどうしてこの重さは減らないのだろう?

そろそろルミ辺りは立ち上がっていてもおかしくないと思うのだけど。

「は、榛七さん? なんとか立ち上がれないかしら……?」

「すみません……! 足元がちょっと絡まってて身動きが……」

どうやら別のトラブルが起きているらしく、すぐに解放される見込みはなさそうだ。

ということは、自分でなんとかするしかない。

俺は懸命に手を伸ばし、地面を這いずってどうにか脱出できないか試してみる。

すると指の先が、布に包まれた柔らかい何かを掴んだ。

この柔らかさは、間違いなく人体の一部。

俺には分かる。これはラブコメなどによくある、ラッキースケベ展開というやつだ。

きっとこれは誰かの〝胸〟。

ならば事故が起きているうちに、できる限り堪能しておこう。

「……どうした? 花城。あたしの二の腕なんか揉んで」

なんとか顔だけ外に出して上を見上げてみれば、そこには助けに来てくれたであろう甘原先生の姿があった。

俺の手は、確かに先生の二の腕を摑んでいる。

おもむろにその手を動かしてみれば、その感触は俺が胸だと思って揉んでいたものに間違いなかった。

「そんなこったろうと思ったよ！」

想像以上に大きな声が口から飛び出す。

いや、分かってましたよ。確かに柔らかかったけれど、なんかやけに摑みやすいなー、みたいな。

でもほら、二の腕の肉って胸と同じような柔らかさって言うじゃん？

二の腕っぽいけど、もしかしたらおっぱいかもしれないって思うじゃん？

「いいじゃないか……少しくらい女性の胸に憧れを抱いたって……」

「胸っておまっ……けしからんぞ！　そういうのはちゃんと婚約して、親にも挨拶してから……その……」

何故か甘原(あまはら)先生がもじもじしている。

学期末の一件以来、なんだか妙に意識されてしまっているようだ。

決して嫌な気持ちとかではないけれど、ちょっと、その、重たいなって。

「いつまで地べたに寝そべってんのよ、あんた」

「え？　……あ」

気づいた時には、俺の上にあった重さは消えていた。

どうやらもうみんな体勢を立て直して、立ち上がることに成功していたらしい。

「……ま、あんたのおかげっちゃおかげだし、少しは労ってあげるわ」

いまだ地面に倒れている俺に、ひよりが手を伸ばしてくれた。

それを摑ませてもらい、なんとか立ち上がる。

いつの間にか俺の足に絡みついていた紐も誰かが解いてくれたようで、何不自由なく立つことができた。

（そうだ、唯先輩は……）

振り返れば、そこには俺を心配そうに見つめる唯先輩がいた。

そのズボンは一切ずり落ちておらず、しっかりと腰の位置で紐が結ばれている。

その隣にいるのは、双葉さん。

俺が視線を向けると、彼女はこくりと一つ頷いた。

どうやら俺たちの作戦は上手くいったらしい。

「怪我はない？　ダーリン。もうほんと、おっちょこちょいなんだから」

「あ、うん」

さりげなくルミが俺の側に近寄ってきた。

あざとさを前面に出しているが、その内側から感じる心配が隠しきれていない。

こういうところが憎めないんだよね、この人は。

「とりあえず怪我はないみたいね」

「はい、大丈夫です」

紫藤先輩の確認に対して、俺はピンピンしていることをアピールする。

「……あなたとひよりちゃんの作戦のおかげで、なんとかなったわ。ありがとう」

怪我を確認するふりをしながら、紫藤先輩が俺の耳元でそう呟く。

役に立てたようで何よりです。

でも耳元で囁くのはちょっと遠慮していただけないでしょうか？　すごくドキドキしてしまいます。

「……ってなわけで、こういう事故は結構起きそうですね、ムカデ競走」

空気を切り替えるため、ひよりがそう告げる。

今回は故意だったけれど、確かに起きるとしたらこういう事故が多くなるだろう。

対策らしい対策を提示することは、少しばかり難しそうだ。

意識していれば受け身を取ることは容易だが、競技中は走ることに必死になる。

誰だって勝負には勝ちたいし、安全面に対する意識がおろそかになることは、想像に難くない。

「そうね……具体的な対策はあるかしら。特に先頭で転んだ花城君に意見を聞いてみたいわ」

「う、う～ん……」

やはり対策と言われてもパッと思いつかない。

実際に転んでみて分かったことなのだけれど、転ぶこと自体を避けるというのはまずできないはず。

転ばないように走るっていうのは当たり前のことだし、そもそもこのムカデ競走自体が、転んでしまうというリスクとゴールまでの速度を天秤にかける競技だと思う。

だから速度を求めて転んだとしても、怪我さえしないで済めば――――。

「怪我さえしなければ……」

「……？　花城君、何か思いついた？」

「は、はい。すごく簡単なことですが」

俺は自分の体を見下ろす。

地面に倒れ伏した際、当然たくさんの砂が手や膝にくっついた。

手のひらや、膝。あとは潰された際に胸元にも砂がついている。

これらは、すべて強い衝撃を受けた箇所。

つまり一番怪我しやすい箇所と言い換えてもいいわけだ。

「手首とか肘、それに膝……それと胴を覆うプロテクターをつけるっていうのはどうでしょう？」

「プロテクター？」

「転んだ際に怪我をしやすいのは、手首とか肘みたいな思わず先に伸ばしてしまう部分だと思うんです。だからこういうところを守ってあげるためのプロテクターと、後ろの人の体重で簡単には潰されないようにする胴のプロテクターがあれば、怪我の確率を限りなく減らせるかもしれません」

「……なるほど」

今のところ反対意見は出てこない。

個人的には、これまでどうして思いつかなかったのかと思うくらい単純な発想だった。

ムカデ競走に参加する人数だって決して手に負えないほど多いわけではないし、人数分のプロテクターを用意することくらいこの学校の財力であれば可能だと思う。

「……すごくいい案ね！　それでやってみましょう」

紫藤(しどう)先輩にはお気に召してもらえたようだ。

他の皆からも最後まで反対意見が出てこないところを見るに、きっとこの提案に賛同してくれたのだろう。

「甘原(あまはら)先生、ムカデ競走で使う予定のプロテクターを学校側で用意していただくことは可能でしょうか？」

「ああ、それくらいなら問題ねぇな。こっちで掛け合って用意しておく」

「ありがとうございます」

こうして、ムカデ競走の危険性を少しばかり軽減することができた。

偶然の産物ではあるけれど、何はともあれ結果オーライ。

終わりよければすべてハッピーである。

「よし……じゃあ次の競技に移るわよ！」

紫藤(しどう)先輩のそんな指示に従い、俺たちは次の競技のための準備を始めることにした。


「おー、お前ら差し入れだぞー」

「え？」

いくつかの競技の最終確認が終わった頃、甘原(あまはら)先生が自分の車から小さなクーラーボックスを持ってきた。

目の前で開かれたその箱の中には、何本も棒アイスが入っている。

「甘原(あまはら)センセ……これどうしたんですか？」

「夜中まで頑張るお前らにも褒美(ほうび)が必要だと思ってな。来る時にコンビニで買ってきた」

「へぇ、意外とそういうことしてくれるんですね」

「意外は余計だろうが。まあ学校の決まりとしてはあんまり褒められたことじゃねぇんだが、今はがっつり時間外労働だし、別にいいだろ」

好きな物を持っていけという甘原先生のお言葉に甘えて、俺は一番多く入っていたソーダ味の棒アイスを手に取った。

「ダーリン、それ好きなの？」

「ん？　ああ、俺にとってのアイスといえばこれだね」

昔からずっと食べてきた、馴染みの味。

食においてあまり冒険をしない俺は、いつも同じ物ばかりを食べがちだ。

たまに別の物を食べたくなることもあるけれど、なんとなく失敗したら嫌だなぁという気持ちになり、結局勇気が出ない。

これ、結構あるあるだと思ってます。

「ふーん、じゃああたしもこれにしよっと」

そう言いながら、ルミもソーダ味のアイスを手に取った。

俺が選んだことを理由に同じ物を選ぶなんて、もしかして俺のことが好きなのかな？

――――う、うん。ルミじゃなかったらもう少し素直に喜べたかな。

「私はこれだ！」

チョコでコーティングされた棒アイスを楽しそうに手に取ったのは、唯先輩。

外はパリッとしたチョコ、そして中はしっとりとしたバニラアイスで有名な、これまた歴史の古い棒アイスだ。

「んー、椿姫、どれがいい？」

「……では、花城先輩と同じソーダのアイスを」

「りょーかい。ウチも同じのをもらおっと。あ、別にウチは夏彦が選んだから揃えたわけじゃないわよ」

何故いちいちこっちを見て主張するのだろう。

いいもん、別に。

「私はこれかしら」

最後に紫藤先輩が箱の中に手を入れる。

そうして彼女が手に取ったのは、あずきのアイス。

それを見た途端、俺たちの間に戦慄が走った。

（あれは……世界最高硬度と言われる伝説のアイス……！）

何も考えず歯を立てれば歯の方が負け、木材に対してならば釘すらも打てると言われている、究極に硬いアイス。

それが今、紫藤先輩が手に取っている物の正体だ。

「し、紫藤先輩？　それよく食べるんですか……？」

「ええ、これ大好物なの」

「へ、へぇ……」

なんという猛者。

俺も一度だけ食べようと思ったことがあるのだが、あまりにも硬度が高く文字通り歯が立たなかったため、結局レンジで溶かしてお汁粉にして食べた思い出がある。

むしろこの思い出こそが、俺の新しいアイスに挑戦するという意志をへし折ったと言ってい い。

「ひより……あれ食べられる？」

「馬鹿言わないで。拳を叩きつけることすら躊躇われる代物よ？　ウチはまだ自分の歯が大事だわ」

「そうだよね……」

あのひよりまでもが避けるようなアイス。

しかし紫藤先輩は、なんの躊躇もなく封を開けて中身を取り出した。

いつの間にか、俺はその動きを食い入るように見つめてしまっている。

それは皆も同じだったようで、紫藤先輩はあらゆる視線を我が物としていた。

「はわわ……」

特に甘原先生はかなり慌てていて、挙動がおかしい。

おそらくあのアイスはネタのつもりで買ってきたのだろう。

遊びで入れたつもりが、紫藤先輩がそのまんま食べようとしているせいで動揺しているわけだ。

「じゃあ甘原先生、いただきますね」

「あ、ああ……」

いよいよ、紫藤先輩がアイスを口に運ぶ。

俺が想像してしまっているのは、彼女が歯の痛みを訴える姿。

アイスの硬度に負け、屈服する姿だ。

――しかし。

「……あ」

どこからともなく、そんな声が漏れた。

紫藤先輩はアイスを口に運んだものの、歯は立てていない。

使っているのは歯ではなく、〝舌〟。

(そ、そうきたか……！)

凍りついたアイスに歯を立てず、舌べろでゆっくりと表面をなぞっている。

表面の氷を溶かし、それを舐めとる。

当たり前のことだが、これなら歯を使う必要はない。

「……何を夢中になって眺めていたのかしら、ウチら」

「確かに……」

ある意味正攻法の食べ方を見て、失礼ながら少しばかり落胆したのかもしれない。

特にひよりなんかはとっくに興味をなくし、自分のアイスに口をつけ始めている。

しかし、俺はまだ紫藤先輩から目を離せないでいた。

「ん～！　やっぱりこれが一番美味しいわね」

「……っ」

紫藤先輩がアイスに舌を這わせるたびに、俺の心臓は高鳴る。

なんだ、この扇情的な魅力は。

これを見て目を逸らせる男は、果たしてこの世界にどれだけ存在するだろう？

いや、まったく存在しないはずだ。

漫画なら少年誌に載せることすら躊躇われるほどの、日常に潜んだ上質な〝エロ〟。

ここで逃すくらいなら、俺は男をやめたっていい。

「「――おい」」

「え？　おぼっ⁉」

前方から迫ってきた二本の腕が、喉に食い込む。

吹き飛ばされ地面を転がった俺が見たのは、鬼のような形相をした二人の美少女。

「な、何故……二人はいがみ合っていたはず……」

近づくたびに張り詰めた空気を作り出していた、ひよりとルミ。

そんな二人が、どういうわけか俺にダブルラリアットを決めてきた。

ぴったり息の合ったコンビネーション、一体どこで身につけたのだろう。

「人をエロい目で見るあんたの根性を叩きなおせるなら、ウチはギャルとだって手を組むわ」

「あたしはあたし以外をいやらしい目で見るお前が許せなかっただけだ」

な、なるほど、利害の一致ね。

「む、夏彦？　どうして地面を転がっているんだ？」

「それは……こ、この二人が――――」

心配して声をかけてきてくれた唯先輩に、俺は二人の犯人を指し示そうとした。

しかし外面最強のモテ嬢王が、それを許すはずもなく。

「あ～ん！　ダーリンだいじょうぶぅ？」

唯先輩からの視線を遮るように、ルミが媚びた声で俺に抱きついてきた。

「か、変わり身が早すぎる……！」

素の状態から猫を被るまでの速度が、あまりにも早すぎる。

これでは誰も彼女を疑いやしない。

「えー？　何か言ったぁ？」

「くっ、そんなに可愛い声を出したって、俺は惑わされないぞ……！」

「……か、可愛い声出してたか？　あたし」

「え？　うん」

「そ、そういうこと言うな……じゃなかった！　や、やめてよダーリン！　照れるじゃん！」

突然顔を真っ赤にして、ルミは俺から距離を取る。

不思議だ。数多（あまた）の男を手玉に取ってきたはずなのに、妙に褒め言葉に弱い。

これもウブさというギャップのアピールか？

まあ可愛いからなんでもいっかぁ。

俺は美少女の魅力的な仕草が見られるなら、騙（だま）されたっていい。

「おいおい、教師であるあたしの目の前で不純異性交遊か？　けしからんぞ。あたしだってそんな風に男と密着したことないのに」

「せ、先生……」

後半、本音が漏れてましたよ。

「それにぃ、あたしだって可愛い声くらい出せるしぃ」

「あ……はい」

「……ガチ引きするなよ。心が痛いだろうが」

プルプル震え、悲しそうな顔をする甘原（あまはら）先生。

いや、もちろん可愛くないわけじゃないけれど、年相応ではなかったよねって思って。

ごめんなさい、そういうところは厳しいんです、俺。

「あーあ、夏彦が甘原センセイを悲しませた。これで来学期の内申は壊滅ね」

「ご愁傷様です、花城先輩」

ひよりだけならともかく、双葉さんまでもが俺に対して手を合わせている。

「大丈夫だよ！　ダーリン！　来学期はあたしと一緒にたくさん勉強しようね？」

そう言って、ルミは腕を絡めてくる。

もう照れから復活したらしい。

「勉強か？　それなら私も協力しよう。これでも学年一位は譲ったことがないぞ！」

「ふふっ、そういうことなら私も協力するわ。生徒会役員に赤点なんて取らせるわけにはいかないしね」

自慢げに胸を張る唯先輩と、呆れつつも笑いかけてくれる紫藤先輩。

（ああ、贅沢だな――――）

俺は空いている手で、少しだけ溶けてしまったアイスを口に運ぶ。

俺には少しもったいないくらい、色鮮やかな日々じゃないか。

この日々を、俺は決して忘れることはないだろう。

第六章　じゃんけんが弱い人って人生結構大変そう

「ビバ！　二学期！」

そう叫びながら、俺は生徒会室の扉を開けた。

中から冷房による冷たい空気が流れ出てくる中、同じくらい冷たい視線（主にひよりの）が突き刺さる。

「……二学期が始まって喜んでる奴って、本当にあんたくらいじゃないの？」

「そうかな？」

俺は生徒会室に入りながら、いつもの席に腰掛ける。

あの検証日からしばらく経ち、日付はすっかり九月になってしまった。

八月から九月に移ると、気温は大して変わっていないのになんか涼しくなった気がするのは俺だけだろうか。

なんだかんだ夏が終わった気がするんだろうね、多分。

「まあまあ、学校があることを喜べるのは素晴らしいことじゃないか。なんなら私も嬉しく思っているぞ」

「へぇ、変人ですね、八重樫（やえがし）センパイも」

「へ、変人……私が……」

唯先輩がその場でズーンと落ち込む。

な、なんてことを。俺と紫藤先輩は慌てて唯先輩に駆け寄った。

「ひよりちゃん！　あんまり唯にひどいこと言わないで！」

「そうだそうだ！　言葉の暴力反対！」

「そうよ！　泣いちゃったら面倒臭いでしょ⁉」

「え？」

あれ、おかしいな。

共に唯先輩を庇っているはずなのに、何故か紫藤先輩からは違うニュアンスを感じる。

「はぁ……今日は体育祭実行委員との打ち合わせの日程を決めるために集まったんですよね。さっさとやりましょうよ」

「ひ、ひよりちゃん……最近ますます手厳しくなったわね」

「もうセンパイたちに遠慮しても意味がないってことが分かったんで」

そう言いつつ、ひよりは呆れたように笑った。

俺は少しだけ安心して、頬を緩ませる。

普段俺に対して厳しい言葉をかけて〝くれる〟ひよりだけど、先輩たちに対してはどこか遠慮しているように見えていた。

その壁のようなものが、今は少しばかり崩れつつあるように思える。

夏休みという時間が、ひよりと先輩たちの絆を深めてくれたようだ。

「いいなぁ、俺も先輩後輩で絆を深めたいなぁ、ね、双葉さん」

「私は大丈夫です」

「……うん」

そっか、しょんぼり。

でもいいんだ、めげないから。

いつか必ず言わせてやる。

さすが花城先輩！　一生ついていきます！　って。

「ま、ひよりちゃんの言う通りね。そろそろ生徒会活動を始めましょう」

紫藤先輩の一言で、空気が引き締まる。

この空気の切り替わりが、俺は割と好きだったりして。

◇◆◇

さて、ところ変わって数日後の教室。

九月中に開催される体育祭の出場競技を決めるために、六限目は丸々ホームルームになっていた。

それぞれの席に座っていた俺たちは、チャイムと共に現れた甘原先生に授業開始の挨拶をする。

「おー、じゃあ早速だが体育祭の出場競技を決めていくぞー。あたしの方でやることはほとんどないから、あとは体育祭実行委員主導でやってくれ」

言葉は雑だが、それが体育祭実行委員の仕事でもあるから仕方がない。

うちのクラスの実行委員二人が、指示通り黒板の前に立った。

ちなみに体育祭実行委員という役職は、男女からそれぞれ一人ずつ選出される。

主に運動部の人間が担当することが多く、うちのクラスも例外ではない。

「じゃあ一旦今年の競技を並べていくんで、出たい競技……えっと、二つは手を挙げてください」

黒板に書き出されていく競技たち。

何度も確認したその種目たちを見て、俺は我が子を見るような気持ちになった。

改めて種目を確認しておこう。

徒競走、大玉転がし、クラス対抗リレー、ムカデ競走、騎馬戦、障害物競走、借り物競走、玉入れ、選抜リレー。

以上、全九種目。

一応これらの他に応援合戦もあるけど、勝敗には直接関係しないため、別枠で決めることになっている。

選抜リレーに関しては、特殊な決め方があるため後回し。

その他八種目のうち、二種目に希望を出せばいいわけだ。

「夏彦（なつひこ）、結局あんたはどれに出るの？」

「うーん……そうだなぁ」

ひよりに問われた俺は、改めて考える。

一応候補は絞ってきているのだけれど、最終確認はしておいた方がいいだろうか。

「ムカデ競走と大玉転がしかなって思ってるんだけど、どう思う？」

「ふーん、まあいいんじゃない？　ちなみに理由は？」

「残念ながらくだらない理由じゃないよ？」

「もしかしてウチが暴力振るいたがってる人間に見えてる？」

そこまでは言っていない。

そうなんじゃないかとは思っているけれど。

「まずムカデ競走は、俺が提案した競技だからなんとなく参加したいなって思ってて……大玉転がしは意外とやりたい人が少なそうだから、手を挙げてもいいかなって。予想が外れて人数が多かったら考え直すよ」

「クラスのために動くってわけね。献身的ですこと」

「こだわりがないだけだよ」

ぶっちゃけ参加する競技はどれでもいい。

今の二つも強いて言うなら、という話であり、それでなければ嫌だという理由はない。だったら皆がやりたがらない競技に進んで参加して、選びたがっている人たちが希望の競技に参加できる確率を上げた方がいいと思うのだ。

「ひよりはどうなの？　もう候補は決まってる？」

「まあウチも別に強い希望はないんだけど……そうね、徒競走と騎馬戦かな。徒競走は走るだけだから楽そうだし、騎馬戦は勝てる自信があるからね」

「あー、騎馬戦はだいぶ有利だろうね」

ひよりが騎馬の上に立つなら、周りの人の動きなんてすべて止まって見えることだろう。

強いて敵がいるとしたら唯先輩くらいだろうけど、幸いなことにあの人は俺たちと同じクラスだ。

今回の体育祭は三学年合同のクラス対抗戦だから、学年が違ってもクラスが同じであれば皆仲間ということになる。

それにしても、この状況はかなり恐ろしい。

完全無欠の生徒会長、八重樫唯と、赤き死神、一ノ瀬ひよりが同じチームにいる。

他クラスからすれば、騎馬戦は完全に死地だ。

「それにしても、応援合戦って中々手を挙げづらいわよね。確か女子に関してはチアリーダーの格好をしないといけないらしいし、そんなのダンス部でもなければ恥ずかしくて抵抗があるっていうか――」

「それでは、応援合戦の最後のメンバーは一ノ瀬（いちのせ）さんになりました」

「……」

体育祭実行委員の無慈悲な声が教室内に響く。

名前を呼ばれたひよりは、呆然としながら虚空（こくう）を見つめていた。

あれから何があったのかを話すと、まずひよりの希望した二つの種目のうち、騎馬戦の方はあっさりと決まった。

しかし徒競走の方は希望者が殺到。

百メートル走のタイムで決めようということになりかけたのだけれど、それではあまりにも運動ができる人間が有利すぎるということで、結局はじゃんけんで決めることに。

ひよりはそこで見事に大敗したものの、第二希望だった借り物競走に滑り込むことができた。

問題はその後。

まず応援合戦に自分から出ようと思う人が、このクラスにはほとんどいなかった。

そこで行われたのが、再びのじゃんけん。

徒競走じゃんけんで敗退していたひよりは、ここでも歴史的な敗北を重ね、応援合戦参加者となってしまったわけだ。

「ひよりってさ、昔からじゃんけん弱いよね」

「……うるさい、今話しかけないで」

あらら、これは本当にショックを受けている時の反応だ。

昔から腕っ節に関しては他者の追随を許さないひよりだけど、唯一、俺が圧倒的に勝ち越している勝負事がある。

それこそが、じゃんけん。

何故かひよりはじゃんけんが驚くほど弱く、いかなるシチュエーションでもまったく勝てないのだ。

憐れなことに、今回も見事にじゃんけん弱者の性質を発揮してしまったらしい。

それにしても、ひよりのチアリーダー姿か。

正直、めちゃくちゃ見たいです。

ちなみに俺の希望はすべて通りました。

欲をかかなくてよかったね。

「マジで信じらんない……なんであそこで負けるかな、ウチ」

「まあまあ、もう決まっちゃったことだしさ」

放課後になり、俺たちは体育祭実行委員との顔合わせのため、校内にある会議室へと向かっていた。

「ウチのチアリーダー姿なんて笑われるだけじゃない……黒歴史よ、ほんとに」

「笑われないと思うけどなぁ。むしろ皆見惚れるんじゃない？」

「……しれっと恥ずかしいこと言うな」

ひよりが俺の肩をぽすっと小突く。

普段とは違ってまったく力が入っていない拳が、ひよりのガチ照れを表していた。

相変わらず不意打ちにも弱いんだよね。

「……ていうか、あいつとも同じなのよね……応援合戦」

ひよりが盛大にため息をつく。

タイミングがいいんだか悪いんだか、それと同時に後ろからトタトタと駆けてくる音が聞こえてきた。

「おーい！　ダーリン！」

声に反応して振り返ると、そこには満面の笑みを浮かべたルミがいた。

彼女は俺の隣にいるひよりに視線を向けると、フッと小馬鹿にしたような息を漏らす。

「あれ～？　じゃんけんに負けて応援合戦に参加することになってしまった一ノ瀬(いちのせ)さんじゃないですか～？」

「チッ……何しにきたのよ、榛七(はるな)」

「別にぃ？　ただこの宇宙一の美少女のチアリーダー姿と横並びにならなきゃいけないのが、すっごく可哀想だなって思っただけ」

「うぐっ……」

珍しくひよりが追い詰められている。

ひよりが言った〝あいつ〟とは、ここにいるルミのことだ。

真っ先に応援合戦に希望を出したルミは、今やクラスメイトから英雄扱いされている。

女子からすれば、やりたくない応援合戦の枠を率先して埋めてくれる。

男子からすれば、学校中から注目されている美少女がチアリーダー姿で自分たちを応援してくれる。

これを崇(あが)め奉(たてまつ)らないで、誰を崇め奉るというのだろうか。

「ダーリンもあたしのチアリーダー姿見たいよねっ？」

「もちろんっ！」

即答だった。

あの榛七ルミのチアリーダー姿。

もしも見ないで死ぬようなことがあれば、それは来世まで持ち越してしまいそうなほどの後悔となる。

たとえ高熱が出て倒れたとしても、俺は這ってでも学校に来ることになるだろう。

「ふふふっ！　だよねー」

ルミが勝ち誇った顔をするたびに、隣にいるひよりの拳がゴキンゴキンと音を立てた。

その音があまりにも怖すぎて、俺はちょっとだけ冷静になる。

「でもさ！　ひよりだって可愛いんだから、チアリーダー姿も絶対様になるって！　ね⁉」

「可愛いって言うな……っ」

あらやだ、ひよりの顔が怒りと照れで歪みに歪んでいる。

それぞれ相反するせいか、どっちの感情に委ねればいいか決めかねているようだ。

「……おい、あたしだって可愛いだろ。まだ言われてねぇぞ」

周囲の人から見えない角度で眉間にシワを寄せたルミは、俺の胸ぐらを摑んで揺さぶる。

「ぐぇ……る、ルミももちろん可愛いって……」

「本音だろうな？」

「本音です……」

俺がそう告げると、ルミの顔が途端に明るくなる。

「きゃー！　ダーリンったら褒め上手♡」

「……」

そう言いながら、ルミは俺の肩をバシッと叩いた。

うーん、おかしい。本気で照れているように見える。

可愛いなんて言われ慣れているだろうに。

「……ねぇ、夏彦。どうして暴力って法律で止められているのかしら？　どうしてウチが我慢しないといけないのかしら？」

「ひ、ひより……！　落ち着いて！」

普段俺に対して向けてくる般若の形相を通り越し、もはや無表情になったひよりを俺は全力で押さえつける。

ルミ、あまりひよりを逆撫でしないでくれ。

赤き死神を食い止めるというのは、俺一人では荷が重すぎる。

――いや、何人いたとしても変わらないか。

「わー、恐ろしっ。駄目だよ、一ノ瀬さん。女の子は笑顔が大事なんだから」

「誰のせいで怒り狂ってると思ってるのよ……！」

普段達観していることが多いひよりが、ここまで怒りを露わにするというのも中々珍しい。

この二人は本当に犬猿の仲のようだ。

「あ、そうだ。せっかくならどっちのチアリーダー姿の方が可愛いか、ダーリンに判断してもらう？」

「……どういうことよ」

「そのままの意味だって。応援合戦中に、どっちの方が夏彦から見て魅力的に映ったか判断してもらうんだよ。そうすれば白黒はっきりするだろ？」

おっと、これはまずい。

ひよりは勝負事を挑まれると基本的に断れないという悪い癖がある。

現に今も、彼女の目の奥には火がついていた。

「まさか怖気付かないよな？　一ノ瀬さん？」

「っ、上等じゃない。いいわよ、あんただけには絶対に負けないから」

「はは！　言ったな？」

「絶対に吠え面かかせてやる」

「こっちのセリフだっつーの。勝負を受けたことを後悔させてやる」

互いに挑発し合うかのように笑みを作った二人。

さて、いつの間にか勝負の審査員枠に組み込まれてしまったわけだけれど、俺は一体どうしたらいいのだろう？

最終的にどっちを選んでも、わだかまりしか残らない気がする。

困ったな、すでに究極の選択だ。

「なんか一ノ瀬さん怒ってるみたいだし、あたしは帰ろっかな！　またね！　ダーリン♡」

「う、うん……また」

猫被りモードに戻ったルミは、俺に手を振りながら遠ざかっていく。

しかし再びひよりの方を見て、今度はビシッと中指を立てた。

中指を立てるまでの動きのキレ、間違いなく立て慣れている。

「何もないところで転べ……！　バカ榛七！」

そう言いながら、ひよりも中指を立て返す。

良い子のみんなは簡単に中指なんて立てちゃ駄目だぞ。

生粋の紳士である俺との約束だ。

「塩を撒きたい気分ね……ほら、さっさと会議室に行くわよ、夏彦」

「はいはい……」

不機嫌そうなひよりにくっついて、俺は会議室へと足を進める。

たまにはこうして女子たちに振り回されるのも楽しいね。

——たまにではないか。

「お疲れ様です」

「あ、ひよりちゃんに花城(はなしろ)君。こっちよ」

会議室に入ると、俺たち以外の生徒会のメンツはすでに揃っていた。

体育祭実行委員らしき人たちの姿は、まだまばらといったところ。

まあ会議までは結構時間があるし、今はこんなものだろう。

「そういえば、二人はなんの競技に出ることになったんだ？」

「ああ、俺はムカデ競走と大玉転がしに出ることになりました」

「ほう、なるほどな」

俺が唯(ゆい)先輩の問いにそう返すと、彼女はひよりの方へ視線を向けた。

「ひよりは？」

「……騎馬戦と借り物競走ですね」

「ほうほう」

「あと……応援合戦です」

「おお！　応援合戦か！　ではひよりのチア姿を見ることができるのだな！」

「……」

唯(ゆい)先輩がキラキラした目をしているのに対して、ひよりの目はまるで死んだ魚のように濁っている。

なんだろう、俺自身もひよりのチアリーダー姿は見たいけれど、ここまでくると可哀想にも思えてきた。

近いうちにご飯でも奢ってあげよう。

「ひより先輩のチア姿、私も楽しみです」

「椿姫までやめてよ……もう」

後輩から飛んできた、期待が込められた純粋な視線。

相変わらず直球的な感情に弱いようで、ひよりは顔を逸らしながら生徒会用の席へと腰掛けた。

今日のひよりは、照れたり怒ったりで大変そうだね。

「ち、ちなみに唯先輩たちはなんの競技に出ることになったんですか？」

「私は騎馬戦と徒競走だ。これに加えて選抜リレーにも出ることになっているから、合計で三つだな。あ、もちろん応援合戦にも出るぞ！」

と、唯先輩。

「応援合戦に関しては、私も出る予定よ。その、本当は出たくなかったんだけど、じゃんけんに負けてしまって……」

と、紫藤先輩。

「私はクラス対抗リレーと大玉転がしです。……あと、同じくじゃんけんに負けてしまったので、私も応援合戦に出ます」

と、双葉さん。

あれ？　じゃあ全員応援合戦に出場するってこと？

つまり全員分のチアリーダー姿が見られるってこと？

しかも何が奇跡的って、俺たち生徒会は全員A組で統一されているのだ。

つまり応援合戦では、彼女たち生徒会ガールズの応援を俺たちだけが堪能できるということ。

……おお、神よ。これが天よりの恵みというやつですか。

全身全霊で感謝いたします。

「何よそれ……夏彦が喜ぶだけじゃない」

「喜ぶどころじゃないよ。今ちょうど神に感謝してたとこ」

「神様もびっくりでしょうね、あんたがスケベすぎて」

「光栄だね。名前覚えてもらえそうだし」

いつか死んだ時に、気さくに挨拶してみよう。

「……そろそろ集まってきたわね」

紫藤先輩が会議室を見渡して、そう呟いた。

確かにもうほとんどのクラスが集まっているように見える。

しかし、まだあの一番印象的な人の姿がない。

「おっとォ！　ギリギリセーフだな！」

なんて思っていれば、そんな大声と共に龍山先輩が飛び込んできた。

「龍山さん、あなた実行委員長でしょ？　遅刻ギリギリなんて困るわ」

「おお、すまんすまん紫藤！　廊下で体調悪そうにしている女子がいてな、保健室まで連れて行ってたんだ」

「……注意しづらいじゃない」

紫藤先輩は苦笑いを浮かべて引き下がる。

夏休み中に一度挨拶させてもらっただけの関係だが、なんとなく龍山先輩らしい遅刻理由だと思った。

まあ、意識の問題ってだけで、別に遅刻しているわけでもないんだけどね。

「今後はもっと早く来れるよう努力するさ！　それで、そろそろ始めるのか？」

「ええ、欠席者以外もう揃っているみたいだしね。……では、打ち合わせを始めていきます」

そうして紫藤先輩の仕切りの下、生徒会と体育祭実行委員間での打ち合わせが始まった。

ここで交わされるやり取りは、まず競技ごとの注意事項の確認。

一般的な観点からの注意点に、俺たちの検証を基にした情報を補足していく。

もちろん自分たちの体で試したという話はしないけど。

「ムカデ競走については、生徒に必ずプロテクターを装着させてください。それで怪我のリスクはかなり抑えられるはずです」

「紫藤（しどう）さん、質問いい？」

「はい、どうぞ」

ムカデ競走についての説明中、三年生の女子が質問のためにその場で立ち上がる。

「プロテクターの装着が必須というのは分かったけど、練習の時と走る感覚が違うって文句が出るかもしれないなって。だから練習中もプロテクターを貸してもらえたらいいなって思うんだけど」

「……なるほど、それは盲点だったわ」

競技の危険性についてばかり考えていた俺たちでは、とてもたどり着けなかった発想だ。

確かに練習と本番で感覚が違いすぎると、終わった後に生徒たちから不満が飛び出してくるかもしれない。

それが理不尽な主張であることは皆理解してくれるだろうけど、最初から不満を抑え込めるならそれに越したことはないはず。

付け加えるとすれば、プロテクターを貸し出すことで練習中の事故を予防できる可能性もある。

逆に問題点は、紛失の可能性も出てくるという点だけど――――。

「ではプロテクターが届いた時点で、クラスごとに識別できるよう印をつけておきましょう。自分のクラスのプロテクターであれば、いつでも持ち出せるようにしておくわ。ただ紛失した際はどのクラスの物がなくなったのかすぐ分かるから、そこは注意事項として伝えて」

「うん、分かった」

納得した様子の女子生徒は、そのまま席に座り直した。

相変わらず紫藤先輩は頭が回る。

この場で考え込む様子を見せずスラスラと最適な案を返せるところは、さすがと言わざるを得ない。

司会進行役があたふたしていると、参加者も不安になってくるもんね。

「では次の種目についてだけど――」

会議は順調に進んでいく。

時間にして二十分ほどだろうか。ひとまずすべての競技についての注意事項を共有した後、会議は質疑応答の時間となった。

「では、ここから何か質問や疑問はありますか？」

紫藤先輩が全体に向けてそう声をかけると、いくつか手が挙がった。

「えっと……じゃあ」

「一番早く手を挙げたのは、手前にいる二年生の中村だ。彼女から順番に質問してもらおう」

「……そうね、じゃあそうしてもらいましょう」

ここに来て、紫藤先輩を唯先輩がサポートするという図が見られた。

唯先輩は全校生徒の顔と名前を暗記している。

自分の存在をしっかり認識してもらえているというだけで、若干緊張も解けるというもの。

「中村さん、お願いします」

「はい。体育祭練習期間中の部活について質問したいのですが」

「部活？」

「体育祭練習期間は、名前の通り体育祭に向けての練習を優先するべきですよね？　それなのに部活を理由に練習をサボろうとする人がいるんです」

「あら……」

おっと、これは芳ばしい質問が来てしまった。

しかしイベントのたびに起きやすい問題でもあるし、何か明確な答えを出さないわけにもいかない。

「なのでクラスの団結力を強めるためにも、体育祭練習期間は部活動を中止した方がいいと思います」

「そ、そう……」

紫藤先輩が困惑してしまっている。

それもそのはず。中村さんの発言は質問などではなく、ただの主張。

求められていることは意見のすり合わせではなく、自分の主張を受け入れるか拒否するか、どちらかの答えしかない。

すごく失礼な言葉になるが、中村さんはかなり厄介なタイプだ。

決してそこに悪意があるとは思っていないけれど、自分の立場に責任を感じすぎて周りの意見をねじ曲げようとするきらいがある。

体育祭実行委員としてクラスを勝利に導こうとする気持ちは素晴らしい意識だ。

しかし、それ故に周囲が見えなくなってしまっていることは否めない。

良くも悪くも真面目すぎるという話。

部活動に勤しむ生徒が悪いわけではないし、勝利のためにクラスをまとめていこうとしている中村さんが悪いわけでもない。

「……アリス、ここは私に任せろ」

「唯？　……分かったわ」

紫藤先輩の代わりに、唯先輩が立ち上がる。

それを見てポンコツを発揮しないか不安になる俺たちだったが、その立ち姿を見て考えを改めた。

今の唯先輩は、間違いなくパーフェクト生徒会長モード。

終業式の時と同じ、全面的に信頼を寄せることができる状態だ。

「体育祭に向ける君の情熱は伝わってきた。しかし、部活動を禁止することはできない」

「……何故ですか？　たかが一週間くらい休むことになったって、何も変わらないじゃないですか。どうしても練習したいなら自主練すればいいし、クラスの絆を蔑ろにするほど部活は重要ではないと思います」

「なるほど。君は……確かテニス部だったな」

「そうですけど、それが何か？」

「君の主張の通りだと、自分も部活を休む予定と見たが」

「はい、もちろんです。体育祭の練習に全力を尽くしたいので」

中村さんの目は、まったく揺れていない。

それだけ強い意志を持って主張しているのだろう。

多くの生徒側であるはずの俺にとって、この主張はかなりの暴論に聞こえていた。

モチベーションというものは、一人一人違って当然なもの。

そもそも運動が嫌いな人からすれば拷問でしかないだろうし、部活に精を出したい人からすれば悶々とする時間になってしまう。

確かに学校にいる以上、クラスや学年の皆が協調性を持って生きていくことは大切だ。

しかし全員が同じ方向を向いて、同じモチベーションで取り組むというのは、決して叶うことがないレベルの理想論。

良い悪いに関係なく、中村さんの言っていることはただの夢物語でしかないのだ。

夢で自分を傷つけてしまわないよう、取り返しのつかない失敗をしてしまわないよう、誰かが現実に気づかせる必要がある。

そしてその役は、ほとんどの場合で憎まれ役になることが多い。

唯先輩は、自分からその役を買って出てくれたというわけだ。

「……一つ、はっきりさせておこう」

「はい?」

「私は君のその行動を、素晴らしいものだとは思わない」

「なっ……!?」

中村さんの顔色が、驚愕に染まる。

「君の意見は、あまりにも偏りすぎている。体育祭に全力を尽くしたい者もいれば、部活に精を出したい者、勉強に精を出したい者、それこそ趣味を楽しみたい者、世の中には数えきれないほどの思想や意志がある。これらすべてを同じ方向に矯正することは、不可能と言っていい」

「そんなの……皆自分勝手なだけじゃないですか! クラスのために協力する方が当たり前ですよね!?」

「それは君自身がそう認識しているだけだ。それこそ、自分の勝手というやつだな」

「っ⁉」

「学校側は、これまで体育祭のために部活動を禁止したことは一度もない。つまり部活を休んでまで体育祭の練習に時間を費やすというのを、推奨しているわけではないということだ。君が無理やり部活を休ませるというのであれば、それは学校側の意志に反する」

「で、でも……！　体育祭は皆で協力し合って勝利を目指す行事だって……」

徐々に中村さんの声が細くなっていく。

いまだ何も発言していない俺は願うことしかできない。

どうか唯先輩の心遣いに気づいてくれ、と。

「中村、君のその認識自体は決して間違っていない。しかし君がやらなければならないことは、クラスの意志をまったく同じ方向に向けることではないはずだ」

「え……？」

「君がやらなければならないことは、もっとクラスメイトのことをよく見ること。誰が何をどうしたいと思っているか、きちんと判断することだ」

「どうしたいと……思っているか」

「それが分かれば、きちんと話し合うことができるだろう？　妥協――――と言えば聞こえが悪いかもしれないが、お互いの意志がすれ違っているのであれば、まずはすり合わせるところから始めるべきだと私は思う」

その上で、と、唯先輩は言葉を続ける。

「もしもただ反発したいという理由でサボっている輩がいれば、その時は改めて相談してくれ。必ず君の力になってみせる」

そう言って、唯先輩は頼もしい笑みを浮かべる。

ここまでの流れで今にも泣いてしまいそうになっていた中村さんは、途端に顔を明るくした。

「八重樫先輩……！」

「私は君の責任感の強いところが気に入ったぞ。体育祭、絶対に成功させよう」

「は、はいっ！」

思わず唯先輩に拍手を送りそうになった。

芸術的とすら思えるほどの、綺麗な話の運び方。

終業式の時も思ったけれど、本当にポンコツな唯先輩と同一人物なのだろうか？

今の話だけで、中村さんの心は完全に唯先輩に掌握された。

しかもそれだけには留まらず、会議室にいる体育祭実行委員たち全員の心までも釘付けにしてしまっている。

果たしてこれは意識したものなのか否か。

少なくともこの体育祭練習期間において、中村さんは自分勝手に事を進めるような真似は絶対にしないだろう。

「素晴らしい説得だったな、八重樫！　アタシは感動したぞ！」

打ち合わせが終わってすぐ、龍山先輩が俺たちの下に駆け寄ってきた。

彼女は唯先輩の手を取ると、ブンブンと勢いよく振り回す。

「さすがは支持率ナンバーワン生徒会長！　アタシも友人として鼻が高い！」

「そうか……それはよかった。お前に褒められると私も嬉しいぞ」

腕を豪快に振り回されながらも、唯先輩は心底嬉しそうな笑みを浮かべている。

「それにしても、クラスメイトの意志……か。アタシも勉強になったよ。意識していないと、いつの間にかズレが生まれていることにも気づけないからな」

「その通りだ、龍山。お互い人を率いる立場の人間として、切磋琢磨していこう」

「ああ！　もちろん！」

二人の握り合った手に、さらなる力がこもったように見えた。

熱い女同士の友情。いいね、すごく絵になる。

「おーい、あーちゃん？」

その時、会議室の外から誰かを呼ぶ男子の声がした。

「ゆーくん⁉」

あーちゃんという言葉に反応したのは、他でもない龍山先輩。

彼女はすぐさま会議室の扉に駆け寄ると、外にいるその男子と話し始めた。

「あら、あれが噂の天野君ね」

「あー」

紫藤先輩の言葉で、記憶と人相が結びつく。

眼鏡をかけたイケてる男子こと、天野先輩。

学年上位の成績をキープする、あの龍山先輩の彼氏である。

ちなみにそれ以上の情報は一切知らない。

俺は男子にはマジで一ミリも興味がないからね。

「迎えに来てくれたの⁉」

「あーちゃんと一緒に帰りたくて、会議が終わるのを待ってたんだ。今日は部活ないんでしよ？」

「うんっ！　顧問の先生が休みだから、今日は部活もお休みなのっ！」

おお、すんごいイチャイチャしてる。

砂糖を吐きそうになるほど、龍山先輩たちは甘い空気に包まれていた。

どうしよう、すごいムカつく。龍山先輩にも天野先輩にもまったく恨みはないけれど、どうしようもなくムカつく。

「夏彦、ちょっと殴らせてもらえない？　なんか妙に怒りが湧き上がってきちゃって」

「奇遇だね、俺も怒りが抑えられそうにないから、思いっきりぶん殴ってくれない？　冷静になるためにも」

「よく言ったわ。歯ァ食いしばりなさい」

鋭い正拳が、俺の頬を捉える。

宙を舞いながら、俺は冷静に景色を追った。

痛い。痛いけど、死ぬほど痛いけど、今の俺にはこの痛みが必要だ。

「ありがとう、ひより。おかげで頭が冴えたよ」

「よかったわ。おかげでウチもなんとか冷静になれそう」

ふぅ、危ない危ない。

あのまま冷静になれなかったら、この場で服を全部脱いで良い雰囲気を台無しにしてしまうところだった。

頬は尋常ではない痛みを発しているけれど、犯罪者にならずに済んだだけでも儲けものと思っておこう。

「まあまあ、ひよりちゃんにとって龍山さんは部活の先輩でしょう？　恋人ができたことを祝福してあげた方がいいと思うわ」

「祝福は……してますよ。龍山センパイがいい人っていうのはよく知ってますし、幸せになってほしいって思います」

だけど――――。

そう言葉を挟んで、ひよりは拳をいつかのように鳴らした。

「ウチをからかった上でこうして見せつけてきていることがどうしても許せないんですよねぇ……！」

わぁ……ひよりからドス黒いオーラが立ち昇ってるよぉ。

まあ、今現在彼女の気が立っているのも仕方がない。

ついさっきルミからも喧嘩を売られたばかりということもあり、わずかな刺激も心を揺らす原因となってしまっている。

そう考えると、ルミは本当にひよりにとっての天敵のようだ。

これだけひよりが取り乱しているというのも、そうそうないことだしね。

幼馴染の俺が言うのだから間違いない。

「あ、すまない皆。アタシはここで失礼する！」

「ああ、気をつけて帰るんだぞ」

最後までラブラブオーラを放ったまま、龍山先輩と天野先輩は俺たちの前から姿を消した。

羨ましい、俺もあんな風に恋人とイチャイチャあまあましたいっ。

「……ともかく、無事に顔合わせも終わったことだし、片付けに入りましょう。花城(はなしろ)君、悪いんだけど余った書類の処分をお願いできるかしら」

「あ、分かりました」

配られることなく余った体育祭用の書類を受け取り、俺は会議室を出る。

予備として用意されていた物も含め、ここにあるものは一旦処分しなければならない。

向かう先はコピー機などが置いてある教室。

そこに備え付けられたシュレッダーを使って、これらを処分する。

「――――マジでムカつくんですけど」

「ん……？」

廊下を歩いている途中、突然そんな女子の声が聞こえてきて、俺は足を止める。

そっと声のした教室の中を覗き込んでみると、そこには数名の三年生の女子がいた。

うち一人は先ほどの顔合わせに出席していた実行委員のメンバー。

俺が女子の顔を忘れることはないから、間違いない。

「ちょっと、声大きいって」

「いいじゃん、別に誰の話してるかなんて分からないんだし。にしてもあいつ、あの天野君と付き合ってるとか本当にあり得ない」

いや、言っちゃってるじゃん。

天野先輩ってことは、間違いなく龍山先輩の悪口じゃん。

「それなぁ、あの女ゴリラが天野と付き合うとかマジあり得なくね？」

「マジで釣り合ってないよね。マジで」

「マジで分かる」

知らない人たちの会話にツッコミを入れて申し訳ないけれど、マジが多いな、マジで。

「はぁ、ウチも狙ってたのにぃ～」

「それなぁ」

「なんとかフラれねぇかな、あいつ」

「じゃあゴリラの悪口を天野に吹き込むとか？」

「あー、あり寄りのありじゃね？」

「龍山はさらっとフラれてもらってさ、天野にはさっさとフリーになってもらおうよ」

「マジ名案。でもバレたら面倒臭くない？」

「さすがにあのゴリラも直接殴ってきたりはしないだろうし、別に大丈夫じゃん？」

「あーね。つーか聞いてよ。この前さ――――」

言葉にできないモヤモヤが、心の中に広がる。

女子の悪いところが詰まった会話というか、なんというか。

先輩たちからすれば、ただの愚痴程度の感覚なのかもしれない。

ただ、同じ学校の仲間にここまで〝無意味な悪意〟をぶつけてしまえることが、俺は恐ろしいと感じる。

これ以上この場にいたくない。

そう思った俺は、すぐに移動しようとした。

しかしその瞬間、いつの間にか側にいた人と目が合ってしまう。

「た、龍山先輩……」

「いやなタイミングで出くわしたな、花城（はなしろ）」

天野先輩と帰ったはずの龍山先輩は、苦笑いを浮かべながらそう言った。

何故ここにいるのか分からないけれど、この反応を見る限りでは先輩も今の話を聞いてしまったのだろう。

何ともいたたまれない気持ちになった俺は、懸命にかける言葉を探した。

「ここにいたら彼女たちと鉢合わせてしまう。花城（はなしろ）、少し離れるぞ」

「あ、はい」

確かに龍山先輩の言う通りだ。

俺は先輩についていくような形で、教室の側から離れる。

そして見える範囲に人がいない場所まで移動し、ようやくお互い足を止めた。

「聞き苦しいものを聞かせてしまって悪かったな」

「龍山先輩が謝る必要なんて一つもないですよ……でも、その……あまりにもひどい言われようだったのが気になってしまって」

「……ゆーくんのことを好きな人間が多いことは知っていた。だからアタシが付き合い始めたことで、少なからず恨みを買っていることはなんとなく理解していたが……ははは、直接目の当たりにしてしまうくらいなら、忘れ物など後回しにしてさっさと彼と帰るべきだったな」

そう言って笑った龍山先輩には、言葉とは裏腹にどこか余裕のようなものを感じた。

「陰口叩かれたのに、落ち込んだりはしないんですね」

「ん？　まあ、そうだな。傷つかないわけではないが、アタシはそれ以上に贅沢な状況にいるだろ？　ゆーくんの彼女ってだけでアタシにはもったいないくらいだし、さらに多くを求める気にはなれないな」

「……」

それほどまでに、龍山先輩にとって天野先輩の横にいることはこの上ない幸せということなのだろう。

一つの支えがあるだけで、人はこんなにも強くなれるのか。

なんとも羨ましい話である。

「しかし、だからと言って今の状況に甘んじるアタシではないぞ！」

「は、はい？」

「アタシが周りから馬鹿にされるような女でいたら、ゆーくんに恥をかかせてしまうかもしれない……そんなの、アタシが一番嫌だ！」

龍山先輩の目が燃えている。

まるで全身からも火が立ち上っていそうなくらいの熱意だ。

「手始めに……どうしようか？　花城、何か意見をくれないか？」

「え、俺がですか？」

「生憎外見から変えようにもどうすればいいのか分からなくてな。何かアドバイスが欲しい」

「う、うーん……」

そう言われても、龍山先輩の外見はとても魅力的に見える。

健康的なスポーツ美少女といった感じで、男を手玉に取りまくっているルミや、知らず知らずのうちにファンクラブができていた紫藤先輩とは違った魅力があることは間違いない。

それと取っつきやすい性格なのもいい。

ハキハキと素直に喋ってくれるおかげで、一緒にいて気持ちが楽になる。

改善すべき部分なんてないと思うけどなぁ。

「龍山先輩は十分魅力的ですけど……あ、それなら何か大きな実績を作るとかどうですか？」

「実績？」

「はい。たとえばですけど、空手の大会で優勝するとか、次の中間テストでいい成績を取るとか……皆から称えられるようなことを達成できれば、先輩を認めていない人たちを納得させられるんじゃないでしょうか」

何かを成した人間というだけで、おのずと評価というものは上がっていくもの。

人の魅力は何も外見だけがすべてを決めるわけではない。

「なるほど、一理あるな。空手での入賞は元々目標にしていることだし、勉強は正直苦手だが、ゆーくんのためと考えたらできる気がする」

「いいじゃないですか！　それに最初から難しいことに挑戦する必要もないんです。小さいことからコツコツとっていうじゃないですか。今度の体育祭で活躍するとか、そういう話でもいいんですよ」

龍山先輩が外見を変えたいと望んでいるのであれば、その手助けはできる。

しかし彼氏である天野先輩は今の龍山先輩と付き合うことを望んだわけで……。

そもそも今の龍山先輩の外見が好みである可能性だって大いにあるし、考えなしに変えてしまうのは天野先輩の意にそわないかもしれない。

そこはもう二人で相談してもらうしかないけれど、何か実績を積み上げるだけであれば誰の許可も必要ないはずだ。

「体育祭……そうか、なるほどな……！」

龍山先輩は何かに気づいた様子で、自分の手のひらを拳で叩いた。

「実は体育祭の選抜リレーに出ることになっていてな。そこで目に見えるほどの活躍をすれば、皆の評価を改めさせることができるかもしれない……！　ありがとう、花城（はなしろ）！　おかげでやるべきことが分かった！」

「お役に立てたようで何よりです」

「この礼はいずれ必ず……！　っと、すまないが先に失礼するぞ。校門でゆーくんに待ってもらっているからな」

慌ただしい様子を見せながら、龍山先輩は俺の前から去っていった。

まるで嵐だな、あの先輩は。

ひとまず今は、先輩のことを全力で応援することにしよう。

それにしても――恋というものは人に多大なるエネルギーを与えるようだ。

苦手なことにさえ挑戦してみようという発想が浮かぶ辺り、そのエネルギーは相当な量に思える。

俺もこの先、恋をするようなことがあれば、中途半端な自分から抜け出せることもあるのだろうか？

それはまた、なんとハードルが高いことか……。

第七章　チアリーダーのキャットファイト

待ちに待った体育祭当日。

天にも恵まれ、今日一日気持ちいいほどの晴れ模様。

まさに体育祭日和である。

『頑張れA組ー！』

『負けるなー！　B組ー！』

鳳明高校のグラウンドでは、張り裂けんばかりに叫んでいる生徒たちの声が飛び交っている。

ビバ、青春。素晴らしい光景だ。

「しかし生徒会は、そんな青春真っ只中には交ざれないのでした……っと」

「花城先輩も叫びたいのですか？」

「まあねぇ……だって楽しそうじゃん？　あんな風に盛り上がれたらさ」

俺がいる場所は、相も変わらず生徒会室。

競技に出ていない生徒会役員は、ここで競技の勝敗によって振り分けられるクラス得点を集計していく。

ただ競技中は本当にやることがない。

だからこうして窓枠に寄りかかりながら、外で繰り広げられる激闘を眺めている。

ちなみに現在の得点の集計係は、俺と双葉さんの二人だけだ。

「私は声を出すことが苦手なので、交ざれそうもありません」

「それはそれでいいんじゃない？　クラスのために何かしたい……！　って気持ちがあれば、それだけでも応援になるはずだよ」

「そういうものですか」

いつもの席で文庫本を読んでいる双葉さんは、可愛らしく首を傾げている。

生徒会に入ったことに後悔なんて微塵もないけれど、仲間で集まって青春を謳歌している人たちを見ると、やはり羨ましく思ってしまう部分があった。

とはいえ隣の芝生を眺めていても仕方がない。

せめて自分が出場する競技の前後は、全力でクラスメイトを応援するとしよう。

「まあこれはこれで青春なんだろうけども……」

「……青春といえば、龍山先輩もあのジンクスを試してみるのでしょうか」

「ジンクス？」

「体育祭の後、ハチマキを交換した男女はずっと一緒にいられるという話です。この前三人で行ったファミレスで、ひより先輩がそんな話をしていたと思いまして」

「あー……」

あのジンクスか。

意外と乙女チックな龍山先輩のことだ。

きっちりそのジンクスを実行に移す可能性は高い。

いいねぇ、そんなの一生の思い出になるよ。

「俺も交換してみたいなぁ、ハチマキ。双葉さんはいる？　ハチマキ交換する人」

「いいえ、特には」

「そっか。あ、じゃあ俺と交換するのは？」

「冗談であるなら拒否します」

「だよねぇ――――ん？」

今の会話、どこかおかしかった気がする。

気になってチラッと双葉さんの方に視線を送ってみると、彼女はすでに文庫本に没頭してしまっているようだった。

うん、まあ聞き間違いだよね、きっと。

絶対そうに決まっている。

「……お、騎馬戦が始まるよ！」

グッドタイミング。

皆の集まるグラウンドでは、今にも騎馬戦が始まろうとしていた。

ということは、ひよりと唯先輩の姿もあるはず。

「お、いたいた」

元々オーラが溢れ出している唯先輩と、勝負前故の圧倒的な覇気で、周りを威圧しているひより。

そんな二人だからこそ、すぐに見つかった。

「お二人とも騎手の位置にいますね」

「おわっ⁉」

窓に身を乗り出していた俺の下から、ひょこっと双葉さんが頭を出す。

いちいちやることが可愛いんだよね、この子。

「相手はどこのクラスでしょうか？」

「……龍山先輩のいるB組だね」

「噂をすれば、ですね」

空手部主将、龍山晶。

彼女も二人と同じように騎馬の上に陣取り、威風堂々とした態度を見せていた。

騎馬戦は八クラスのトーナメント形式で行われる。

ひよりたちにとって強敵がいるとしたら、全クラスを通して龍山先輩しかいない。

一回戦から一番の強敵が相手というわけだ。

（ただ、まあ……）

俺は去年の唯先輩無双をよく知っているし、ひよりの化け物じみた強さもよく知っている。

あの二人を同時に相手にできる人間がもしも存在するのであれば、ぜひともこの目で拝みたいものだ。

◇◆◇

ウチはクラスメイトの作った騎馬に乗りながら、小さく息を吐いた。

ぶっちゃけ、八重樫センパイさえいれば騎馬戦なんて余裕だと思っていたのは間違いない。

ウチだってそこら辺の素人が相手ならハチマキを奪われない自信があるし、逆に奪い取る自信もある。

ただ――――。

「油断するなよ、ひより。相手はあの龍山だ」

「はい、よーく分かってます」

八重樫センパイとウチの前に立ちはだかる、龍山センパイ。

あの人の面倒臭さは、ウチもよくよく理解しているつもりだ。

体格、腕力だけで語るならば、めちゃくちゃ優れているわけではない。

しかし誰よりも練習熱心で、手を抜いているところを見たことがない。

そのせいか、あの人はとにかくタフで、しぶといのだ。

相手の攻撃を捌きに捌いて、いつかできる隙を狙って反撃に転じる。

これは空手の話ではあるけれど、あのスタイルはきっとここでも応用してくる。

「この勝負、龍山さえ落とせばこっちのものだ。初めから協力していこう」

「二人掛かりですか、それは大助かりですね」

空手でも騎馬戦でも、あの人の相手は極力したくない。

だって疲れるんだもん。

『両クラス位置について……！』

グラウンドのスピーカーから聞こえてくる声。

それから間もなくして、競技開始の号砲が鳴り響いた。

「行くぞ……！」

ウチはクラスメイトたちに指示を出して、龍山センパイの騎馬に向けて真っ直ぐ前進した。

八重樫センパイが並走していることを確認し、ウチは早速龍山センパイと対峙する。

「ははは！　二人掛かりか！　ひより！　八重樫！　これは骨が折れそうだぞ！」

「その割には笑ってますね……余裕の表れですか？」

「いや、喜んでいるだけだ！　お前たち二人から強敵認定されていることがな！」

この熱苦しさ、やっぱり苦手だ。

さっさと片付けないと、影響されてこっちまで熱くなってしまう。

「さあ、勝負といこう！」

ウチらの騎馬がぶつかり合う。

騎馬自体の頑丈さは、三騎ともほぼ互角。

ウチが全力を振るえるよう、比較的ガタイのいい女子を集めてくれたおかげだ。

「ひより！　頼むよ！」

「はいはい……！」

クラスメイトからも激励され、なおのこと気合が入る。

それでも、龍山センパイとの戦いは一筋縄ではいかなかった。

「くっ……やるなぁ！」

龍山センパイのハチマキに手を伸ばすが、瞬時に反応され腕を弾(はじ)かれる。

八重樫(やえがし)センパイと挟み込んでいるにも関わらず、数十秒かけても彼女を落とせない。

周りの騎馬のことも気にしないといけないし、そろそろ気持ち的にも焦(あせ)り始める頃合いだ。

ただでさえこっちは一騎に対して二騎で対応しているせいで、ここ以外の騎馬の数が少ない。

龍山センパイに苦戦すればするほど、全体の戦況が不利になっていく。

ぼちぼち決めないと――。

「ハチマキを渡せ！　龍山！」

「うおっ⁉」

八重樫センパイの指が、龍山センパイのハチマキに掠る。

さっきから八重樫センパイには驚かされっぱなしだ。

捌きの技術はないものの、反応速度が異常に速い。

避けることに関しても、攻撃することに関しても、ウチらの反応の一歩先を行く。

なんていうかその……何も考えてないみたいに。

（……ここがチャンスか）

八重樫センパイに驚かされたせいで、龍山センパイの姿勢が崩れている。

ここは攻め時。

ウチは一気に猛攻を仕掛けるため、身を乗り出した。

「が――頑張れぇ！　あーちゃん！」

「っ！　ゆーくん⁉」

その時、龍山センパイに向けられた天野センパイの応援の声が響いた。

それが彼女に気合を入れ直したのか、ウチの猛攻が届く前に体勢を立て直されてしまう。

「ゆーくんの応援がありながら、無様な姿を晒すわけにはいかないな！」

「チッ……本当に厄介なセンパイですこと」

「褒め言葉として受け取っておこう！」

ここに来て、龍山センパイの手がウチの頭へと伸びてきた。

まさか瞬時に反撃できると思っていなかったため、反応が遅れてしまう。

それでもかろうじてのけぞることで回避したのだが――。

「ひより！　後ろ！」

「っ⁉」

いつの間にか、背後にB組の騎馬が迫っていた。

どうやら時間切れらしい。

ウチと八重樫センパイ以外の騎馬はすでに壊滅状態。

端で応戦中の最後の騎馬は、複数のB組の騎馬に囲まれ絶体絶命。

しかし、ここで龍山センパイさえ落とせればまだ間に合うかもしれない。

（……やるしかないか）

ここはもうイチかバチか。

前と後ろから伸びてくる敵の腕を、ウチはそれぞれの手で受け止める。

こうなると、ウチは後ろから来た敵のもう片方の腕に抗う術がない。

ただ、同時に龍山センパイの片手を封じることができた。

「ま、待って！　ひより！」

「え？」

その時、突然騎馬がバランスを崩し、ウチの体は支えを失った。

どうやら前後から強い力でぶつかられたせいで、ウチがハチマキを奪われるよりも早く、クラスメイトたちの方に限界が来てしまったらしい。

ここから持ち直すことは不可能だと判断したウチは、咄嗟に敵の手を離した。

ハチマキを奪われなくても、騎馬が崩れれば失格というのがこの競技のルール。

ウチらはこれまで。だけど——。

「いい仕事だ！　ひより！」

「しまっ……」

ウチの崩れた体勢に引っ張られ、龍山センパイの体勢も大きく崩れた。

そこをすかさず八重樫センパイが攻める。

八重樫センパイの限界まで伸ばされた手の指先が、龍山センパイのハチマキをかすめ取った。

「私の勝ちだ、龍山」

「ああ、そうだな……だが、アタシたちのクラスはまだ負けていないぞ！」

「うむ、その意気だ！」

残った敵の騎馬が、八重樫センパイに襲い掛かる。

しかし普通の人間が化け物スペックの生徒会長に敵うはずもなく、残り少なかった騎馬たちはあっという間に壊滅した。

「う――うおぉぉおお！　会長すげぇぇ！」

「八重樫せんぱーい！」

応援に来ていたA組の生徒だけでなく、他のクラスの生徒までもが、劇的な逆転を見せた八重樫センパイに歓声を送っている。

やはり八重樫センパイは、やる時はやってくれる人だ。

普段のポンコツっぷりで忘れがちだけれど、こういう時は一番頼りになる。

「ふぅ……負けたよ、八重樫。さすがだな」

「いや、すべてはひよりがお前の隙を作ってくれたおかげだ。彼女がいなければ、勝敗はまた別の結果になっていたかもしれない」

そう言いながら、八重樫センパイはウチを見る。

センパイ一人でもなんとかなったと思うけど、まあ、お役に立てたのであれば何よりだ。

ひとまず、勝ちは勝ち。

ウチは勝利の余韻を嚙みしめ、息を吐いた。

「っ……」

しかし喜びもつかの間、ウチの右足に鋭い痛みが走る。

どうやら無理な姿勢で地面に足をついたことが原因で、少し痛めてしまったらしい。

別に歩けないほどでもないし、特に支障はない――と思う。

何はともあれ、勝ちは勝ち。

（……もし）

本当にもしもの話。

龍山センパイに天野センパイの応援が力を与えたように、今頃得点の集計をしているであろう夏彦が応援に来てくれていたとしたら……ウチももっと簡単に勝っていたのだろうか？

（ま、考えるだけ無駄か）

あいつの応援にどんな力があるというのだろう。

らしくないことを考えた自分を鼻で笑い、ウチはその場を離れた。

◇◆◇

一回戦で龍山先輩率いるB組を降したひよりたちは、そのまま圧倒的な力を見せつけ優勝した。

二人のことを信じていたし、この結果自体には驚かない。

しかし戦力差があることを自覚しながらも最後まで諦めずに戦った他のクラスには、溢れんばかりの賞賛を送りたいと思う。

あの化け物二人に対して逃げずに立ち向かっている時点で、全員勇者だ。

「さて、と」

下から届いた試合結果を元に、俺と双葉さんは得点集計を進めていく。

今のところ、A組はだいぶ有利だ。

とはいえどのクラスも残った競技で十分逆転可能な位置につけている。

まだまだ油断はできない。

「……あ、そろそろ応援合戦の時間じゃない？」

時計を確認した俺は、双葉さんの方に期待のこもった視線を向ける。

「そう、ですね。そろそろ行ってきます」

双葉さんの顔は決して嫌がっている様子ではなく、どちらかといえば恥ずかしがっている印象だ。

恥じらう女子。うん、最高です。

双葉さんが指定の更衣室に着替えに行ってしまった後、俺は今日のために購入した双眼鏡を持って、生徒会室を出た。

応援合戦には、勝敗というものがない。

つまり得点を集計する必要がないということだ。

それなのに生徒会室にいる意味もないし、やっぱりここは間近で皆のチアリーダー姿を拝まないと始まらないよね。

「ちっありーだー！　ちっありーだー！」

人気のない廊下をそんなコールと共にスキップで駆け抜け、グラウンドに出る。

するとすでに応援合戦への出場メンツは集まっているようで、彼女らはそれぞれ指定の位置で開始の合図を待っていた。

それにしても、心なしかA組の前に集まっている連中が多い気がする。

A組のメンツが集まっているのは当然として、ちらほら他クラスの人間が交ざっているようだ。

彼らの顔つきは、まるで高校生とは思えないほど達観している。

（……なるほど）

俺は彼らがそこにいる理由を、すぐに悟った。

A組の応援団には、全男子の意識を奪ってしまうほどの魅力を持つ〝魔女〟がいる。

「みんなー！　あたしの応援受け取ってねー！」

「「うおぉぉぉぉお！　榛七さぁぁあん！」」

そう、榛七ルミという名の魔女が。

彼らは自分のクラスメイトたちから恨まれようとも、彼女のチアリーダー姿を見るためだけに今後の学校生活を捨てたのだ。

漢じゃねぇか……俺は敬意を表する。

「あ、ダーリン♡」

そんなアイドル顔負けの彼女は、俺を見つけた途端満面の笑みを浮かべながら大きく手を振ってきた。

魔女？　とんでもない。

彼女はもう〝女神〟の領域に達している。

普段は見ることのできない黄色と青を基調とした露出の多いユニフォームに、動きやすさを重視した高い位置で結ばれたポニーテール。

メリハリのある体型はユニフォームの魅力をさらに底上げし、エロ――――じゃなかった、この世のものとは思えない美を生み出していた。

あとはなんと言ってもへそ！　へそがいい！

ちなみに俺は、ダーリンと呼ばれた瞬間にすぐさま気配を押し殺していた。

じゃないと嫉妬で殺気立ってる男子諸君に殺されてしまう。

やれやれ、これでは龍山先輩に顔向けできないね。

「それで気配を殺してるつもりなの？　あんた」

「うおっ⁉」

突然後ろから聞き覚えのある声がして、俺は振り返る。

そこには何故か、ひよりを含めた生徒会の面々が立っていた。

「あ、あれ⁉　皆向こうにいるはずじゃ⁉」

「少し前まで体育祭実行委員と話してたの。時間が少し押しているみたいで……それでちょっと着替えが遅れてしまって」

「あ……ああ、なるほど」

紫藤先輩の話で、事情は分かった。

――――それにしても。

（楽園は……ここにあったのか）

美少女四人のチアユニフォーム姿。

それはまさしく芸術だった。

スラッと伸びたおみ足はまるでモデルのようで、立ち姿から圧倒的な風格を感じる唯先輩。

なんといっても強調された胸が視線を惹きつけ、溢れんばかりの色香がすべてを惑わす紫藤先輩。

小柄な体と色白の肌がユニフォームとの素晴らしきコントラストを生み出し、まるで妖精のような魅力を放つ双葉さん。

そして健康的な肉体美をこれでもかと見せつけてくるひより。

こんな四人が同じ場所に同時に存在していいのだろうか？

遥か昔、きっとここで神が誕生したに違いない。

ああ素晴らしきかな、鳳明高校。

よし、来年から校歌に彼女たちの名前を入れよう。

「……顔が気持ち悪いわよ」

「いつものことでしょ？」

「自分で言うな」

ひよりの悪態すらも、今となっては女神の囁きに聞こえる。

「どうだ？　夏彦。我ながら似合ってると思うのだが」

「めちゃくちゃ似合ってますよ……！　俺、生まれてきてよかったです！」

「そうだろうそうだろう」

ドヤ顔すらも、今の唯先輩がすれば女神の微笑となる。

どうしよう、なんだか手を合わせて拝みたくなってきたな。

「そろそろ時間ね。皆、行きましょう」

紫藤先輩がそう告げると、四人はA組の集団の方へと歩いていく。

しかしその途中、ひよりだけが俺の方へと振り返った。

「……夏彦」

「ん？」

「ウチと榛七の勝負、覚えてるわよね？」

「……うん」

ひよりとルミ、どちらのチアリーダー姿が魅力的だったか。

その勝敗の判断は、俺に委ねられている。

「そう。ま、あんたが忘れるはずないもんね」

そう言い残し、ひよりも皆の下へ交ざっていく。

さて、どうしたものか。

この先に待ち受けているのは、これまでの人生の中でも究極に近い選択。

応援合戦が始まろうとしている今、俺はまったくと言っていいほど生きた心地がしなかった。


始まった応援合戦自体は、流行りの曲に合わせてチアリーダーたちが踊るというもの。

練習日も多かったらしく、ここ一週間くらいずっとひよりは疲れた顔をしていた。

まあ生徒会に部活に体育祭練習、二足どころか三足の草鞋を履いていたわけで。

ここまでくると、体調を崩していないだけでも上出来と言えるだろう。

「「「うおぉぉぉぉおお！」」」

最近大ブレイクしているアイドルの曲に合わせて、ひよりやルミたちが飛び跳ねる。

少し恥ずかしそうにしているけれど、ひよりの動きはめちゃくちゃキレッキレだ。

そして少し意外だったのは、ルミも負けず劣らずの動きを見せていること。

運動神経で圧倒的なアドバンテージを持つひよりと並んでいるというだけで、俺としては感動ものだ。

そんな全体を通しても一際輝いて見える二人に、余裕でついていける美少女がもう一人。

圧倒的な運動能力で誰よりもイキイキと踊っている、我らが生徒会長。

あの中で一番この出し物を楽しんでいるのは、間違いなく彼女だ。

しかしながら、紫藤（しどう）先輩も双葉（ふたば）さんも集めている視線の数ではまったく負けていない。

紫藤（しどう）先輩は元々運動が不得意のようで、動きは多少ぎこちないが、それがまた良いと思える。

それにどこがとは言わないが、めちゃくちゃ揺れてる。

どこがとは絶対に言わないけどね？　俺もまだ命は惜しい。

双葉（ふたば）さんはとにかく振り付けに忠実で、躍動感はわずかに欠けているものの、逆にそれが舞のような神聖さを生み出していた。

そして相変わらず無表情に見えるけど、実はいつもより眉間にちょっとだけシワが寄っている。

もしかすると、周りが思う以上に緊張しているのかもしれない。

「……ありがたやぁ」

ひとまず俺は、すべてを忘れてただ拝むことにした。

この先に待ち受けている修羅場のことなど、不安に思うだけ無駄。

どうせなるようにしかならないのだ。

ならば今は、純粋なる感謝を捧げよう。

おお、神よ。私を生んでくださりありがとうございます。


「さあ！　どっちの方が可愛かったか決めてもらうぞ！」

応援合戦が終わってすぐ、俺はルミとひよりによって人気のない校舎の陰へと連れ込まれていた。

目の前にはチアリーダー姿の美少女が二人。

この距離で拝めることに感謝しなければならないのは分かっているのだけれど、こうして詰められる状況になってしまってはそれどころではない。

「なんのためにウチがあんな踊りを全力でやったと思ってるの？　それもこれも全部こいつに勝つためなんだから、きちんとウチを選んでもらうわ」

「ふざけんな！　あたしの可愛さに勝てる奴なんて、この世に一人も存在しねぇんだよ」

迫り来るひよりとルミ。

さっきから胸がズキズキと痛んで苦しい。

この状況、間違いなく贅沢であることは理解しているが、どうにも荷が重すぎる。

すべての女性を大事にしたい俺にとっては、人生の岐路に立たされているくらいのプレッシャーだ。

「ほら、さっさと選べよ」

「ウチを選ばなかったらどうなるか、分かってるわよね」

ひよりさん、それはどう考えても脅しです。

――――さて、どうしようか。

俺は改めて二人の姿を見る。

「ぐっ……二人とも可愛すぎる……ッ！」

「「なっ……」」

俺から見れば、二人ともこの世のものとは思えないほどに魅力的だ。

どちらかを選ぶなんて、あまりにも困難。

（……あ、そうだ）

俺にはどちらの方が可愛いと判断できるだけの力も、度胸もない。

となれば、取れる手段は一つだけ。

俺は二人の前で膝をつき、頭を下げる。

「ど、どうかぁ！　この首一つで勘弁していただけないでしょうかぁ！」

「……何してんの？　あんた」

「俺にはどちらの方が可愛いかなんて決められません！　どっちも死ぬほど可愛いです！　だからどうかぁ！　この命を捧げることで許しを得たく存じますッ！」

俺の選択一つでどちらかが傷つく可能性があるのなら、俺は自分が消えることを選ぶ。

女性を傷つけるくらいなら、どう考えても死んだ方がマシだ。

「――――はぁ、やめやめ。榛七（はるな）、ウチの負けでいいから、この勝負はお開きよ」

「……チッ」

ルミは舌打ちをして、俺に背を向ける。

「死ぬとまで言われたら仕方ねぇ。これで勝ったことになってもあたしのプライドが許さねぇし……この勝負はドローだ。それでいいよな」

「あんたがいいなら別になんでもいいわ」

土下座していた俺に、ひよりの手が伸びてくる。

差し出された手と本人の顔を見比べていると、ひよりは呆れたような表情を浮かべ、再びため息をついた。

「あんたなら本当に死にかねないからね。こんなんでも一応ウチにとって唯一無二の幼馴染だし？　いなくなったら寂しいじゃない」

「び、びよりぃぃい」

　思わず涙が溢れ出していた。

　優しさのあまり、ひよりが天使に見える。

　普段鬼なのに。

「……ドローどころか、今回はあたしの負け……か」

　俺たちの姿を見てそう呟いたルミは、そのまま背を向けて去っていこうとする。

「次は負けねぇぞ。今日中にリベンジしてやるからな」

「やれるもんならやってみなさい。軽くあしらってあげるから」

「はっ！　上等だよ……！」

　一体なんの話をしているのだろう？

　俺が二人のやり取りに疑問を抱いているうちに、ルミは完全にこの場から立ち去ってしまった。

「……ねぇ、夏彦（なつひこ）」

「ん？」

「なんだかんだ言ってたけどさ……この格好、本当に変じゃない？　ちょっと冷静になってきちゃって」

　そう言いながら、ひよりは自身の格好を見下ろす。

もしかして、これまでずっと気にしていたのだろうか？

「大丈夫、死ぬほど可愛いよ。どっちが可愛いって話は決められなかったけど、それだけは自信を持って言い切れる」

「……そ」

ひよりがそっぽを向く。

その顔が耳まで真っ赤になっていることを、俺は見逃さなかった。

第八章　生徒会長、横領疑惑

『次の競技、障害物競走は十三時からです。各自昼食を摂り、水分補給も忘れずに行ってください』

そんなアナウンスがグラウンドに響き、体育祭は昼食の時間となった。

一時間ほどの休憩の後、次の競技が始まる。

「ダーリン！　お昼一緒に食べよっ！」

教室に戻って弁当を取り出した俺の腕を、突如現れたルミが絡めとる。

途端に鋭くなるクラスメイトの男子からの視線。

俺は自前の危機管理能力でそれを感じ取り、視線が増える前にルミを連れてすぐさま教室を離脱した。

「ルミ……お願いだから人前であんな絡み方は控えてくれないかな？　俺の命が危ないんだ」

「馬鹿、外堀から埋めようとしてんだからやめるわけないだろ。あたし以外に縋れない状況を作ってやる」

恐ろしすぎる計画を聞いた。

大丈夫かな、俺の学校生活。もうすでに詰んでないかな？

「それよりも、その……弁当」

「え、弁当がどうしたの？」

「だから、弁当作ってきてやったから、一緒に食え！」

「あー、なるほど。弁当をね……って、え？」

思わずルミを二度見する。

「ルミって、料理とかできるの？」

「別にできるっつーの！　普段は全然やらねぇけど……」

そう言いながら、ルミは持っていた鞄(かばん)から何段かに重なった弁当箱を取り出した。

本気で二人分作ってきたようだ。

どうしよう、自分の分も含めて食べ切れるかな？

――まあ気合があればいけるか。

女子が作ってくれた物を残すなんて、男として最低だしね。

「ほら、人気のないところ行くぞ」

「いや、別にどこだっていいんじゃ……」

「恥ずかしいだろうが！　自分が作った物を人前で食べられるなんて冗談じゃない」

腕を絡めるのはいいのに、弁当は駄目なのか。

チグハグな考えのように感じられるけれど、ルミがそう望むのであれば仕方がない。

俺たちは校舎から出ると、ちょうど校舎の横に設置されたベンチに腰掛けた。

いくつかあるベンチには、他にもちらほら人がいる。

ただ各々男女でいるためか、俺たちの方に注目している様子はない。

さしずめカップルの聖地といったところか。

今はルミがいてくれているおかげで紛れることができているけれど、一人で迷い込んでいたら俺は消滅してしまっていたかもしれない。

「……」

「……？」

腰掛けてからしばらく、ルミは弁当の蓋に手をかけたまま微動だにしなくなってしまった。

「どうしたの？　ルミ」

「な、なんでもねぇよ……」

どう見てもなんでもなくはない。

どうしたものかとルミの顔を覗き込んでいると、彼女は諦めたようにため息をついた。

「その……誘っといてあれなんだけど……笑うなよ？」

ついにルミが弁当の蓋を開く。

そこには綺麗に整えられた卵焼きや、いい焼き色のついたウインナーが詰まっていた。

その下の段にはご飯。そしてサラダもついている。

想像以上にすごくちゃんとした弁当だ。

「笑う要素なんてないじゃん……すごい美味しそうだよ」

「そ、そうか！　まあ、このあたしが作ったんだから当然だけど！」

「これ食べていいの？」

「別に？　お前がどうしても食べたいっていうなら食べてもいいぞ？」

やたらとソワソワしている。

早く食べてほしいんだな、きっと。

「じゃあ、いただきます」

まず卵焼きから口に運ぶ。

少し茶色く焦げた表面は若干の雑味があるものの、出汁と醤油の風味を確かに感じて美味しい。

九月の末とはいえ、まだまだ気温は高い。

たくさん汗をかいた後には、こういう塩気が嬉しいのだ。

しかし、何故だろう？

卵焼きを口に運んでから、妙に視界がぼやける。

「お前……泣いてねぇか？」

「え？」

俺の頬を伝って雫がぽたりと太ももに落ちた。

この視界のぼやけの原因は、どうやら俺の目から溢れ出した涙らしい。

「な、泣くほど不味かったなら別に無理しないでも……」

「……違うんだよ、ルミ」

「え？」

「俺は感動してるんだ……」

今一度、卵焼きを口に運ぶ。

うん、美味い。

俺が食べているのは、誰もが羨む絶世の美少女の手作り弁当。

これが人生における最大の幸福だと言われても文句はない。

それだけの価値が、この一箱にはある。

「ありがとう、ルミ……俺、生まれてきてよかったよ」

「……そこまで喜ばれると、ちょっと引くな」

なんでよ。

「ま、褒められて悪い気はしねぇし……それ全部食っていいからな」

「ほんとに⁉」

「ここまで来て没収なんてしねぇよ」

ルミはそう言いながら照れ臭そうに笑った。

その表情があまりにも魅力的すぎて、思わず崩れ落ちそうになる。

猫被りモードも十分可愛いのだけれど、こういう素の表情が一番心臓に悪い。

「ふぅ……ごちそうさまでした」

それからすぐに弁当を食べ切ってしまった俺は、蓋を閉じて箱をルミへと返した。

「ありがとう、本当に美味しかったよ」

「……ん」

いまだ照れ臭そうにしているルミは、俺から目を逸らしながら弁当箱を受け取る。

「なあ、一ノ瀬(いちのせ)もお前に料理とか作るのか？」

「え？　ひよりが？　ありえないよ、そんなこと」

思わず笑ってしまう。

ひよりが俺に対して料理を作るなんて姿が、あまりにも想像できなくて。

「お互いの家でご飯を食べるなんてことはしょっちゅうだったけど、ひよりが何か作ってくれたことは一度もなかったなぁ……バレンタインも義理チョコって言って小さなチョコを一個くれるくらいだし」

これを言ったらいつものようにぶん殴られるだろうけど、俺はひよりに対してそういうものを求めていない。

元々彼女は不器用な部類だし、下手に失敗して手を怪我されるくらいならやらない方がマシだ。

そういうのはすべて俺がやればいい。

ひよりのためなら料理でもお菓子でもなんでも作ろうと思える。

「俺とひよりが幼馴染じゃなくなることなんてないだろうしなぁ……ひよりにできないことは俺がやればいいし、俺にできないことはひよりを頼ればいいし……」

「……なあ、お前さ」

「ん？」

「自分に恋人ができても、一ノ瀬(いちのせ)とつるみ続けるのか？　距離を取ろうとも思わないのか？」

「……」

ルミの問いを受けた俺は、ピタッと固まってしまった。

恋人ができれば、ひよりと距離を取らなければならない。

その理屈がどうにも理解できず、頭が混乱する。

「普通そうだろ？　恋人からすれば、自分以外の女と彼氏が絡んでたらすげぇ嫌だし」

「……あー」

「女ってのは〝特別扱い〟が好きだからな、自分以外に特別がいたら嫉妬するもんだ。それをどうすんだって話だよ」

腕を組み、ちゃんと考えてみる。

恋人ができて、ひよりと距離を取るようになった世界線の俺。

何度も何度も頭の中でその姿を描こうにも、ぼやけた輪郭すら浮かんでこない。

「……仕方ないんじゃないかな」

「仕方ない？」

「それで俺が嫌われることになっても、まあ仕方ないかなって。恋人かひよりのどっちを取るかって言われたら選べないし、それならもう俺とひよりの関係を許してくれる人と付き合えるように努力するしかないよ」

「……呆れた」

ルミが盛大にため息をつく。

そんなにおかしなことを言っただろうか？

「なんなんだよ、お前にとっての一ノ瀬って」

「幼馴染だよ。ただの」

「……ふーん、まあいいや」

そう言いながら、ルミはベンチから立ち上がる。

「お前の恋人の座を奪えるなら、あいつが側にいようがどうしようが関係ねぇ。特別なんて、別に一個じゃなきゃ駄目なんてルールはねぇしな」

「それ、面と向かって言われると恥ずかしいんだけど……」

「うるせぇ、お前は黙って口説かれてりゃいいんだよ」

俺に向かって、ルミは挑発するかのように舌を出す。

そしてすぐに背を向けた。

「あたしは目的を果たしたし、化粧直しのためにそろそろ教室に戻るわ。――これであいつにも借りを返せた」

「……」

借りとはおそらく、先ほどのひよりとの対決のことだろう。

何をもって借りとしていたのかは俺には分からないけれど、ルミが満足しているのならばそれが一番だ。

「……特別、か」

校舎へと去っていくルミの背中を見ながら、改めてその言葉について考えてみる。

何もかもが中途半端な俺にとって、特別という言葉はあまりにも無縁。

俺が誰かにとっての一番になることなんて、果たしてあるのだろうか？

その問いに答えてくれる人は、この場には一人として存在しなかった。

◇◆◇

お昼を終え、俺は生徒会室へと足を運ぶ。

自分で作った方の弁当は大して食べられなかったけど、この後も空き時間はあるし、そこでちまちま食べるつもりだ。

「お疲れ様で――」

「障害物競走用の備品がない⁉」

生徒会室に入って早々、通話中らしきスマホに向かって叫ぶ紫藤(しどう)先輩の声が聞こえてきた。

室内には俺以外の役員全員が揃っていて、神妙な面持ちで紫藤(しどう)先輩の方を見つめている。

「あ、夏彦(なつひこ)、ちょうどよかった」

「ひより、これどういう状況？」

「障害物競走に使うパンの数が足りないらしいわ。あんたも解決方法を考えて」

「パンが足りないって……」

障害物競走には、吊(つ)るされたパンを口に咥(くわ)えて走るというコーナーがある。

参加人数が多いため、元々かなりの数のパンを発注していたはずだけど――。

「えっと、具体的にどれくらい足りないの？」

「菓子パンが十個ね。予備として何個か多めに発注かけてたみたいだけど、それでも足りないみたい」

「ええ……」

体育祭で使う備品たちは、俺たちの方でも朝ちゃんと確認したはず。

その時はしっかり数が揃っていた。

つまりその時から今までの間に、パンがどこかに消えてしまったということ。

となると、誰かが盗みだしたとしか思えない。

「そういえば、パンの個数をチェックしてたのは唯よね？　唯、朝の時点で何か変わったことはなかったかしら？」

電話を切った紫藤先輩は、そう唯先輩に問いかける。

すると唯先輩の視線が、ゆっくりと虚空へとずれていった。

「な、ななな、何もなかったぞ？　変わったことなんて何も」

「……唯？」

全員の視線が、唯先輩に集まる。

本人は何もないと言っているが、どう見ても何もなかった様子ではない。

異常を隠していたのは明白だ。

「唯、正直に言わないと怒るわよ」

「うっ……ほ、本当か？」

「ええ。だからちゃんと話しなさい」

「わ……分かった」

唯先輩はチラチラと紫藤先輩の顔色を窺いながら、部屋の隅に置いてあった自分のバッグを持ってきた。

「……開けさせてもらうわね」

すでに何かを察した様子の紫藤先輩は、そのバッグをゆっくり開く。

中に詰まっていたのは、大量の菓子パン。

袋だけならおおよそ十個程度あるように見えるが、そのうち何個かはすでに封が開いて中身が食べられてしまっている。

生き残っているのは半分以下といったところか。

「唯？　これはどういうことかしら？」

「その……は、発注の時に予算が余っていたから、甘原先生に相談して少し多めに菓子パンを用意してもらったんだ。当日お腹が空いたら食べようと思って……」

「それがこの十個ってこと？」

「ああ……だ、だが、私はちゃんと予備も含めて十個以上余裕が出るように発注したぞ？　たとえ私が十個食べちゃったとしても、競技に支障が出ないようにしてあったはずだ！」

「はぁ……だから発注書に書かれた数字がやたら大きかったのね。発注前のチェックの時に、過剰な部分は私が直しちゃったわよ。ただのミスだと思ってね」

「なっ……」

ありゃりゃ、とんでもないすれ違いが起きていたようだ。

まず唯先輩は、菓子パンが必然的に余るように発注書をいじり、余らせた分を回収して食べた。

しかし実際はほとんど余らないように紫藤先輩が数を正してしまったから、競技に使う予定だった分がなくなってしまった――ということらしい。

「まさか唯が横領に手を染めるなんて……さすがに想定外だったわ」

「わ、悪かった……そうだ、一応まだすべて食べたわけではないし、返すこともできるぞ！

……食べかけだけど」

唯先輩が取り出したのは、半分ほど齧られているメロンパン。

それを見た紫藤先輩の表情が、どんどん冷たくなっていく。

その顔を見ただけで、何故だか寒気が止まらない。

ひよりが般若だとしたら、紫藤先輩は雪女といったところか。

タイプは違うとはいえ、どちらも恐ろしいことには変わりない。

「八重樫センパイの悪事が暴かれたところで……実際どうします？　ここにある生き残った菓

子パンを回収しても、まだ足りませんよ」

「そうね……そうだ、購買で買うというのはどうかしら？　この時間ならギリギリ間に合うと思うのだけれど」

ナイス提案、と思ったのだが、それに対して双葉さんが首を横に振った。

「先ほど購買の前を通りましたが、パンは軒並み売り切れてました。飲み物でしたらまだ残っていたと思いますが……」

「そう……じゃあ購買も駄目ね」

昼休憩の時間はまだ残っている。

今すぐ動くことができれば、間に合うかもしれない。

頭をフルに回転させ、菓子パンを手に入れる方法について考える。

校内にいる生徒たちに声をかけて余っているパンを募ろうかと考えたけれど、譲ってもらうためにどんな説明をすればいいか分からない。

生徒会関係であることは伝えられないしね。

そうなるともう外に買い出しに行くしかないのだけれど――。

「あ、ルミを頼ってみるのはどうでしょう？　一応俺たちの協力者みたいな感じですし、彼女が声をかければ足りない分くらいは集まるかと」

生徒会が体育祭のために動いているということは夏休みの件で知っているわけだし、誰のミスかって部分をぼかせば、ルミの協力は仰ぎやすい。

ルミにねだられて、ノーと言える男はほとんどいないはず。

ねだる時も、彼女にお昼を忘れたなんて言い訳してもらえば、相手も変に思わないだろう。

「……ウチは反対」

しかし、俺の意見は即座に却下されてしまう。

「結局あいつは部外者だし、何度も頼るのはリスクが大きいと思う」

「え？　でも最初にルミに協力を頼んだのはひよりじゃ……」

「あの時は人数が必要だっただけ。今はウチらだけでなんとかできるでしょ」

「でも、みんなもう疲れてきてるのに、わざわざ走る必要もなくない？」

「校内にいる人だけじゃ足りない可能性だってあるでしょ。コンビニに行く方が確実よ」

「……それはそうだけどさ、じゃあルミに頼るだけ頼って、それとは別に一人だけコンビニに走ればもっと確実に――」

「何度も言わせないでよ。……あいつの助けなんて必要ないって言ってんの」

ルミに頼るという話を提案した途端、ひよりが明らかに不機嫌になった。

いつもの戯れとは違い、珍しく本気で怒っているように見える。

正直、どうしてひよりがこんなに怒っているのか分からない。

俺の意見を否定するにしても、こんなトゲトゲしい言い方をするのは、人生で一度か二度あったかどうか。

確かに俺の意見は否定されてしかるべきだったかもしれないけれど、ひよりの様子は明らかにおかしい。

「っ……紫藤センパイ、パンならウチが買いに行ってきます。走れば絶対間に合いますから」

「え、ええ……じゃあお願いするわ」

「はい」

ひよりは俺の方を一瞥もせず、生徒会室から出て行った。

「ひよりはどうしたんだ？　えらく気が立っているように見えたが」

「……」

他のみんなも、ひよりの異変には気づいているようだ。

これまでだって気が立っている時なんていくらでもあったけれど、今日のはやはりどこか違う。

原因は多分、俺だ。

俺を取り巻く環境が、また少し変わっていく——そんな予感がする。

◇◆◇

それからしばらくして、ひよりがコンビニで購入したであろう菓子パンを持って戻ってきた。

障害物競走開始まではまだ十分な時間が残っている。

これだけの余裕があるということは、ひよりはきっと全力で走ったのだろう。

現にだいぶ汗をかいており、息が上がっている。

「はぁ……はぁ……」

「おかえりなさい……大丈夫？　ひよりちゃん」

「ウチのことはいいんです……それよりセンパイ、これ」

「……ありがとう、助かるわ。早速実行委員に渡してくる」

そう言って、紫藤先輩が生徒会室を後にする。

ひよりの息は、いまだに乱れている。

ここまで疲労困憊なのも珍しい。

「……何見てるのよ」

「あ、いや、その……大丈夫？　なんか体調悪そうに見えるけど」

「あんたに心配されるほどヤワじゃないわ。それより……一気に汗かいたから、あんまりこっち見ないで」

ひよりが照れ臭そうにして体を隠す。

その際に背中を俺の方に向けたのだが、汗で体操着がペタッと張り付いてしまっており、インナーのシルエットのようなものがくっきりと浮き出てしまっていた。

まさしく女神のお恵み。

俺は黙ってその背中に感謝した。

「ひより先輩、背中が汗で透けてしまっています。もうスケスケです」

「え？」

双葉（ふたば）さんの指摘で背中の状態に気づいたひよりは、一も二もなく俺の目を潰しにきた。

ズボッという間抜けな効果音と共に塞がる視界。

痛みでのたうち回る俺をよそに、ひよりのいた方から衣擦（きぬず）れの音がした。

「ふぅ、油断したらすぐこれなんだから」

「ふか……こうりょくだ……」

俺が無理やり見ようとしたわけじゃないのにね。

でもまあ、いつも通りのやり取りができてよかった。

どうやらもうひよりの気もずいぶん落ち着いているようだし、トゲトゲしい雰囲気はどこかに消えている。

「やっぱりひよりはいつも通りが一番だね」

「目を潰されといて何言ってんの？」

「この程度で文句言ってたら、ひよりの前で二度とふざけられなくなっちゃうよ」

目が元に戻ったのを確認して、俺はのたうち回っていた床から立ち上がる。

「……さっきは悪かったわね。態度悪くて」

「気にしてないよ。言っていることは正論だったし。でも……ルミと何かあった？」

「別に、まだ何もないわ」

「……」

まだ――。

ひよりの言ったその言葉が、やけに耳に残った。

第九章　これって現代日本の話だよね？

『続いての競技は、借り物競走です。出場生徒はグラウンドに集まってください』

一つ前の競技である障害物競走の得点集計を終えた俺たちの下に、そんなアナウンスが聞こえてくる。

長く感じた体育祭も、この競技が始まる時点ですでに終盤と言っていい。

もう俺が出場する競技はすべて終わっているため、この時間からは少し暇だ。

「じゃあウチ行ってきます」

「行ってらっしゃい、ひよりちゃん。頑張ってね」

出場者であるひよりが、生徒会室を出て行く。

残ったのは、彼女以外の役員四人。

「ひよりちゃん以外で借り物競走に出場する人はいなかったかしら？」

「はい。あと俺はもう出場競技もないので、ここから先はずっと集計係できますよ」

俺がそう告げると、便乗するかのように双葉（ふたば）さんが手を挙げた。

「私も出番は終了したので、同じく集計に集中できます」

「二人ともありがとう、助かるわ。……まあ、私も出番は終わっているから、もう集計くらいしかやることはないんだけどね」

そう言いながら、紫藤先輩は苦笑いを浮かべる。

となると、この中でまだ出番が残っているのは選抜リレーに出場予定の唯先輩だけか。

「ずっとこのメンバーで集まっててもあれだし、応援に行きたい人は行ってもいいわよ。ここは私と唯が担当するから」

「え、私もか？」

「さっきやらかしたばかりなんだから、しばらくは大人しくしてて」

「はい……」

だいぶしっかりした説教を受けた唯先輩は、反論せずに椅子にちょこんと腰掛けた。

フォローに入りたいけれど、さっき紫藤先輩から甘やかさないでというお達しがあったので、見守ることしかできない。

薄情な男ですみません、唯先輩。

でも怒った紫藤先輩には逆らえません。

「じゃあ、俺はひよりとルミの応援に行ってきます」

「ああ、榛七さんも出場するのね」

手駒にしている人間が多いため、ルミは借り物競走にかなり向いている人材と言える。

おそらく圧倒的な速度を見せてくれることだろう。

この競技で一位を取ることができれば、A組の優勝はぐっと近づくはずだ。

「じゃあ私たちの分も応援よろしくね」

「はい、張り切って応援してきます」

そうして俺は、生徒会室を後にした。


グラウンドに出ると、ちょうど借り物競走が始まったところだった。

スタート地点でお題の書かれた紙を引いた出場者たちが、蜘蛛(くも)の子を散らすように一斉に走り出す。

（えっと、ひよりとルミは……っと）

応援すべき二人の姿を探していると、ちょうどルミの姿を見つけることができた。

しかしどういうわけか、彼女は必死の形相で俺の方へと駆けてくる。

「いたぁぁあああ！」

「え、え⁉」

ルミは近寄るなり、俺の手を取った。

「一緒に来てもらうよ！　ダーリン！」

「ま、まさか……」

にやりと笑いながら、ルミは俺にお題の紙を見せる。

そこには、〝好きな人〟と書かれていた。

つまりルミが借りてこなければならないのは、自分が好いている人ということになるわけで――。


「ルミ……こんなところでそんな大胆な告白を……」

「別に告白なら何度もしてるじゃねぇか！　さっさとあたしに靡けって！」

「それとこれとは話が別だよ」

「はぁ⁉　生意気だな……！　っと、危ない危ない。乱暴なのはあたしらしくないもんねっ」

ぐぬぬと歯を食いしばるルミだったが、周りの目があることを思い出したようで、すぐに猫を被りなおす。

この変わり身の早さは本当に素晴らしいのだけれど、うっかり人前で素を出す回数がだんだん増えている気がした。

どうやら俺が調子を狂わせてしまっているらしい。

あんまり自覚はないんだけどね。

「それよりも、早く一緒に来て？　今なら優勝できるよ！」

確かに、今ついていけば一位は間違いない。

元々これは引いてしまった人の羞恥心によって足止めするつもりのお題だし、そこに思いき

好きな人

りさえあれば、一番簡単なお題とも言える。

今頃みんなもっと難しいお題に挑戦しているはずだ。

「ほら！　行こう！」

ルミに腕を引かれる。

正直、〝好きな人〟というお題でどストレートに自分を選んでくれたことがとても嬉しい反面、もしこれについていったら、後で他の男子たちから袋叩きに遭うことも分かっているため、少し抵抗があるのだ。

ただ、ちゃんと考えてみよう。

ここでルミの好きな人に選ばれて、後で全男子たちから抹殺されるんだとしたら、それは本望と言えるのではなかろうか。

漢――花城夏彦（はなしろなつひこ）。

ここを死に場所と定めたり。

「……待ちなさいよ」

しかしここで、決意を固めた俺を止める声が一つ。

「なんだよ、一ノ瀬（いちのせ）。邪魔しようってのか？」

「ええ、そいつを連れて行くことはウチが許さないわ」

まるでルミの行く手を阻（はば）むかのように、ひよりが立ち塞がっていた。

一つ確認したいのだけれど、一応二人は同じクラスの仲間だよね？

「どけよ、こいつはあたしの〝借り物〟だ」

「残念だけど、そいつはウチに譲ってもらうわ」

「なに……？」

ひよりは、自分のお題が書かれた紙を広げてみせる。

そこには〝腐れ縁〟という文字が書かれていた。

腐れ縁……腐れ縁かぁ。

まあ、俺だろうなぁ。

「はぁ!?　ふざけんな！　別の奴探せよ！」

「そいつ以外に腐れ縁なんていないっつーの。あんたの方こそ、他の奴で代用しなさいよ」

「それはできねぇな。こんなお題に当てはまる奴は、こいつしかいねぇ」

ルミがお題の紙を広げてみせると、それを見たひよりの眉間にシワが寄る。

「あんた……自分の気持ちに正直すぎない？」

「自分に嘘ついてどうすんだよ。肝心な時に遠慮して後悔するくらいなら、あたしは欲張りに生きてやる」

「……清々しい奴」

ひよりに同意するように、俺は頷く。

清々しすぎて、めちゃくちゃかっこよく見えるよね。

「分かったらさっさとどけよ。一位はあたしが取ってやるからさ」

「……悪いけど、あんたの生き方とウチがここを退くかどうかは別の話よ」

「チッ、そうかよ。なら、力ずくだ」

そう言って、ルミは指を鳴らす。

するとどこからともなく学校指定のジャージを着た男子たちが現れ、ルミと俺を取り囲んだ。

「みんな、ゴールまであたしを守ってくれる？」

「「はい！　喜んでェ！」」

「うん、よろしくねっ」

ルミがとびっきりの笑みを向けると、周りにいる男子たち――――棒七(はるな)ルミ親衛隊の士気が跳ね上がる。

熱量だけなら、まるで軍隊のようだ。

「こいつらはあたしに完全服従を誓った男子どもだ。あたしの命令ならなんでも従うように調教してある」

「ねえ、それって現代日本の話してるつもりなの？」

小声で説明されたところで、『へぇ、この人たちに守ってもらえるなら安心だね！』とはならないよ。怖いよ、普通に。

「これなら一ノ瀬もあたしに近づけないでしょ。諦めて別のお題でももらってきたら？」

「……その程度の人数で勝ったと思われるなんて、ウチも舐められたものね」

ひよりは親衛隊の壁を鼻で笑うと、臆することなく近づいてくる。

そして前方を守る男子たちの前に立つと、瞬時に彼らの意識を奪った。

「……は？」

「攻撃してこない相手を気絶させるだけなら、難しくもなんともないわ」

そう言いながら、ひよりは拳を鳴らす。

彼らの意識を奪ったのは、彼女の恐ろしく速い手刀。

両手を使って、二人の男子の首筋を叩いたのだ。

昔空手を習っていたおかげで、俺はかろうじて見えたけれど、素人からは何をしたのかまったく分からなかっただろう。

「あと四人だけど、どうする？　諦めてそいつを渡した方がいいと思うけど」

「……馬鹿言うな。こんなところで諦めてたまるかよ」

ルミが再び指を鳴らすと、残った親衛隊が突然俺を担ぎ上げた。

呆気にとられていると、親衛隊はまるで祭りの神輿のようにして俺を運んでいく。

「な、何これ!?」

「力で敵わないなら、逃げればいいだけよ！」

親衛隊の側を並走しているルミが、高笑いを上げる。

なんだこれ、本当に現実ですか？

「……小賢しい真似を」

まるで悪役のようなセリフを吐きながら、ひよりも俺たちに食らいついてくる。

このまま親衛隊を気絶させて、担がれている俺を奪取するつもりらしい。

「おいおい！　いいのか？　もしそいつらを気絶させたら、上にいる夏彦が地面に落ちて
――」

「知るか！」

「「えぇ!?」」

驚きのあまり、俺とルミの声が重なる。

そして直後に襲ってきた浮遊感。

どうやらもう俺を担いでいた親衛隊は全滅してしまったらしい。

このままでは地面に激突する。

そう思って目を閉じた直後、突然ひよりに首根っこを掴まれた俺は、無理やり地面に立たされた。

足が少しジーンと痺れたものの、痛みなどは一切ない。

「ほら、これでいいんでしょ？」

「……チッ」

悔しそうなルミを見て、ひよりは勝ち誇った顔をする。

俺抜きですごく盛り上がっているところ申し訳ないけど、もう少し気にしてもらえたら嬉しいなぁ、なんて。

生きた心地がしませんでしたよ、今。

「じゃあ悪いけど、こいつはもらっていくわね」

「……手を尽くしてこれなんだから、仕方ねぇな。そいつは一旦お前に預けてやるよ」

そう告げながら、ルミはやれやれといった様子でため息をつく。

「何よ、えらく潔いじゃない」

「まあな。ここらでお前に勝ちを譲ってやらないと、さすがに不公平だし」

「は？　どういう意味？」

「実は今日、夏彦に弁当を作ってやってさ。美味い美味いって全部食ってくれたよ。料理下手と噂の一ノ瀬さんには到底できない芸当だよなぁ？」

「どうしてそれを……」

ひよりが俺を睨む。

料理下手であることを話してしまったのは間違いなく俺なので、ここは素直に謝罪です。

「残念だけど、ここは仕方なく勝ちを譲ってやるよ。あたしはダーリンの喜ぶ姿が見られただけで、今日は満足だしぃ？」

「き、汚いわね……そっちは勝負になってないじゃない」

「ははは！　なんとでも言え！　あたしは欲しいものが手に入るならどんな手段だって使うぜ」

「……はぁ、仕方ないわね」

今度はひよりがため息をつく番だった。

戦法としては確かにルミは卑怯かもしれないけれど、俺自身はとてもいい思いをしたため、この件に関しては何も言わないでおく。

さて、ひとまずこれで決着――――と思ったタイミングで、突然放送の声がグラウンドに鳴り響いた。

『一番に戻ってきたのは！〝二重の人〟を連れてきたD組！　D組です！　続けて二番目に戻ってきたのは――――』

「「「あ」」」

先ほどとは違い、今度は三人の声が重なった。

こんな攻防を繰り広げていたら、そりゃこうなる。

あまりにも納得できてしまう敗北に、俺たちは顔を見合わせた。

「こりゃ傑作だな。……あたしはお題をチェンジしてもらいに行ってくる。お前はさっさと夏彦を連れてけ」

「……分かった」

お題交換場所に駆けていくルミを見送り、俺とひよりはゴールへと向かうことに。

その時、俺はひよりの違和感に気づく。

「ねぇ、ひより」

「何よ」

「その足……どうかした？」

「……」

俺の問いを受けて、ひよりの肩が小さく跳ねた。

普通に歩いているように見えるけど、普段から一緒にいる俺なら、彼女が片足を庇っていることくらい分かる。

怪我の程度はどれくらいだろうか？

少なくとも、大怪我ではないと思うけれど……。

「……大したことないわ。ちょっと捻っただけ」

「ほんとに？」

「本当よ。……それよりさっさとゴールしないと。最下位だけはごめんだわ」

「……そうだね」

この件についてこれ以上話すことはないという態度で、ひよりは口を閉じてしまう。

ひよりが大丈夫と言うのなら、俺から言えることは何もない。

仮にそれが強がりでしかなくて、この先で彼女が動けなくなってしまうようなことがあったなら、その時は俺が助ければいい。

持ちつ持たれつ。

それが俺たちの築いた関係だから。

第十章　〝彼〟の背中、〝彼女〟の重み

それから玉入れが終わり、残す種目は選抜リレーのみとなった。

体育祭もいよいよ最終盤。

現状我らがA組は一位の座にいるけれど、後に続いているB組と大きな差はない。

この選抜リレーの得点は他の競技と比べても破格であるため、逆転されることはまだまだ十分ありうる話である。

「はぁ……これでようやく体育祭も終わりますね」

「ええ、とにかくここまで無事に済んでよかったわ」

生徒会室には、唯(ゆい)先輩とひよりと以外の役員が揃っていた。

唯(ゆい)先輩はこれから選抜リレーに出場するためにグラウンドに出ており、ひよりは実行委員である龍山先輩に片付けの手伝いを頼まれたらしく、出払っている。

残った俺たちはこれまでの集計結果が間違っていないかどうかを念入りに確認し、今ちょうどすべての点数を確定させたところだ。

何度も計算し直したし、これに関して間違いが生じることはまず考えられない。

「怪我人がほとんど出ていないのも奇跡だわ。去年はこんなに上手くいかなかったもの」

紫藤先輩はホッとした様子で胸を撫でおろす。

転んで擦り傷ができる程度の怪我はあっても、今日一日でひどい怪我を負った生徒は一人もいなかった。

ムカデ競走で転んでしまったクラスの人も、プロテクターのおかげでほとんど無傷で済んだらしい。

自分の提案が役に立ったと聞いて、俺は嬉しく思った。

「選抜リレー、勝てるでしょうか?」

「まあ唯がいるし、大丈夫だと思うわ。あの子が負けるところなんて、まったく想像できないし」

「確かに……」

双葉さんが納得したように頷く。

唯先輩は、我らがA組選抜のアンカーを任されていた。

陸上部よりも足が速いというのはどういう理屈かと考えてしまうのだけれど、様々な点で常識外れのことをやらかしまくるあの人には、そもそも理屈を問うこと自体が間違っているようにも思える。

「そろそろ下に集まってる頃じゃないかしら?」

窓から外を見て、紫藤先輩がそう告げる。

ぼちぼち時間であることには間違いない。

押し気味だったスケジュールも、後の競技の準備を早めたことでだいぶ持ち直していた。

これなら、本来の時間通りに体育祭を終えることができるだろう。

「あら、唯がこっちに手を振っているわよ」

紫藤先輩に言われて俺も窓から顔を出してみると、グラウンドに立っている唯先輩がこちらに向かって手を振っていた。

この競技ですべてが決まるというのに、先輩はだいぶ余裕そうに見える。

確かに、あの先輩が負けるところなんて、まったくもって想像できない。

「す――――すみません！」

その時、突然生徒会室の扉がノックされ、向こう側から声がした。

俺はすぐに駆け寄って、扉を開く。

「はい……あ、中村さんか」

そこにいたのは、二年の体育祭実行委員である中村さんだ。

実行委員と生徒会の顔合わせの時に、曲がった考えを唯先輩に諭されていた子といえば、思い出すこともできるだろう。

「ね、ねぇ！　龍山先輩知らない!?」

「龍山先輩？　知らないけど……」

俺は振り返り、部屋にいる他の二人にアイコンタクトで問いかける。

しかし二人も特に何かを知っている様子はなかった。

「龍山さんがどうかした?」

「もう集合時間になっているんですけど、どこにもいないんです!」

「え……?」

俺たちの間に、緊張が走る。

「他の実行委員と一緒に校舎に入っていくのを見たって人がいたんで、もしかしたらここに来てるんじゃないかと思ったんですけど……」

中村さんは生徒会室の中を覗き込むようにするが、もちろん龍山先輩の姿はない。

「保健室は確認した? 体調を崩してるとか」

「もう行ってみたんですけど……いませんでした」

「……そう」

俺も紫藤先輩と同じように龍山先輩が体調を崩したという可能性が一番高いと思っていたから、完全に当てが外れた。

一つ言えることは、あの人はきっと理由もなく何かをサボるような人じゃない。

最悪の場合、どこかで倒れて動けなくなっている可能性もある。

「二人の都合で競技の開始時間を遅らせるわけにもいかない……中村さん、このまま龍山さんが間に合わなかった時のことも考えて、Ｂ組から代役を探しておいてもらえるかしら」

「わ、分かりました！」

中村さんがグラウンドへと戻っていく。

それを見送った紫藤先輩が、俺たちの前で小さく息を吐いた。

「……龍山さんの遅刻は日常茶飯事だけれど、それは別に不真面目だからではないわ。きっと何か事情があるんでしょう。私たちは私たちで、生徒会の仕事をまっとうしましょう」

そう言いながら、紫藤先輩は応援のために窓際に移動する。

逆に俺は、生徒会室の扉へと手をかけた。

「花城君？」

「……双葉さんと紫藤先輩がいれば、選抜リレーの得点集計は問題ないですよね？」

「え、ええ、大丈夫だと思うけど」

「俺、龍山先輩を探しに行きます」

「探しに行くって……当てはあるの？」

「それはないですけど……」

そう、当てはない。

しかし、あれだけ気合が入った様子を見せていたのに、今更他に優先すべきことができたとは考えにくい。

そして龍山先輩が不真面目が故の遅刻をしないのであれば、何らかの理由によってどこかで立ち往生している可能性が高くなる。

できればそういった不安要素を取り除いておきたい。

ともかく、俺がここにいなければならない理由がない以上、今すぐに動けと本能が言っていた。

「何か、私たちにできることはありますか？」

理由も聞かず、双葉さんが俺に問いかけてきた。

「……大丈夫、ここは自分だけでなんとかするよ」

「そう、ですか」

「あ、もしひよりが戻ってきたら、俺が龍山先輩を探してるって話は伝えてくれると嬉しいな。手伝いで途中までは一緒にいたはずだし、何か知ってるかも」

「分かりました、伝えておきます」

「ありがとう。じゃあ、行ってきます」

そのまま迷わず生徒会室を飛び出す。

周囲の評価を覆したいという龍山先輩の背中を押したのは、俺だ。

花城相談窓口は、アフターケアもばっちりってところを証明しないとね。

まず俺が目指したのは、下駄箱だった。

こういう時、スマホで連絡が取れたら話が早いのだけれど、残念ながら俺は龍山先輩と連絡先を交換していない。

とはいえ、たとえ交換していたとしても、おそらく役には立たなかっただろう。

体育祭中、うちの高校はグラウンドにスマホを持ち込むことができない。

競技中に落としてしまったりしないよう、自分のロッカーに置いていくという風に決められている。

まあ、言いつけを守らず持ち歩いている人もいるけどね。

少なくとも中村さんが足で探していたということは、龍山先輩はスマホを持ち歩いていない側ということだ。

「靴はない……外に出たのか？」

三年B組の龍山先輩の名前がある下駄箱には、上履きだけが置いてあった。

つまり彼女は校舎の中にはいない。

校舎に入っていったのを見たという話がいつのタイミングかは分からないけれど、屋外で行方が分からなくなった可能性が高いだろう。

急いで俺も外に出る。

時間はもうかなりギリギリだ。

いまだ心当たりは何一つない。

飛び出してみれば何か思いつくかもしれない——なんて楽観的に考えていた自分のことを、しこたま殴りたくなってくる。

とにかく、冷静に考えよう。

まずグラウンドにいる線はない。

そこにいるなら行方不明になっているわけがないからね。

校舎の中も、下駄箱に上履きが置いてある時点で可能性は薄い。

この時点でだいぶ絞られてきているはずなんだけれど、残った場所を手あたり次第に探しに行こうとすれば、絶対に時間が足りない。

せめてもう少し絞りこめればと考えてしまう。

「……あ！」

辺りを見回していると、実行委員との打ち合わせに出席していた三年生の男子生徒を見つけた。

どうやら暇なようで、地べたに座り込んで友人らしき人たちと談笑している。

「あの！　すみません！」

「ん？　君は確か生徒会の……」

「雑務の花城(はなしろ)って言います。その、突然なんですけど、龍山先輩見ませんでしたか？」

「龍山？　うーん……見てないかな」

先輩が他の人たちにも聞いてくれるが、全員すぐに首を横に振った。

「そういえば、さっき実行委員が何人か体育倉庫の片付けで呼ばれたし、そっちの方にいるかも」

「あ……そうか」

龍山先輩の目撃証言が校舎に入っていくところだったから、片付けの情報が頭からすっかり抜けていた。

「でも一応様子見に行った時は、もう誰もいなかった気がする。片付けも終わってたし、扉も閉まってたし」

あれ、じゃあ体育倉庫の方も違うのか？

――いや、そう決めつけるのは早い。

唯(ゆい)先輩みたいに倉庫に閉じ込められている可能性だってあるし、確かめる必要がある。

というかもう、そこ以外に当てがなさすぎる。

「ありがとうございます、ちょっと確認してきます」

「おー」

先輩たちにお礼を言って、俺はその場を離れる。

ひとまず倉庫の方に行ってみよう。

そこにいなかった時は、またその時に考えればいい。

「夏彦、何をしているんだ？」

移動しようとした矢先、グラウンドの方から聞き覚えのある声が俺を呼び止める。

「あ……唯先輩！」

体操着の上から選抜リレー用のビブスを着ている唯先輩は、そのまま俺の方へと歩み寄ってきた。

「もしや、私を応援しに来てくれたのか？」

「それもきちんと後でやらせてもらいますが……その、龍山先輩知りませんか？　選抜リレー出場者なのに、見当たらないらしくて……」

「龍山？　いや、見てないな」

「そうですか……じゃあやっぱり倉庫の方かな」

「まさか、行方不明なのか？」

唯先輩の問いかけに、俺は頷いてみせる。

それで事態を把握した先輩は、すぐに神妙な顔つきになった。

「どこかで動けなくなっているかもしれないな。奴がこうした勝負の場にただ遅刻するとは思えん」

「俺も同意見です。さっき倉庫の方で実行委員が片付けをしていたらしいので、もしかするとそっちにいるんじゃないかって思ってるんですけど……」

「……倉庫といえば、さっき前を通った時に何故か扉が開けっ放しだったな。もしかすると、まだ中に――――」

そこで、唯先輩の言葉が止まった。

じんわりと背中に嫌な汗が湧き出る。

「まさか……その扉、閉めちゃったんですか？」

「……」

唯先輩がこくりと頷く。

いや、まだ唯先輩によって二人が倉庫に閉じ込められたと決まったわけじゃない。

可能性は限りなく高いけれど、もはやそれ以外に考えられないくらい高いけれど、倉庫を確認しなければ、まだ確定ではないのだ。

「あ、開けに行かねば……！」

「いや、唯先輩はこれから選抜リレーに出ないといけないんですから、ここにいてください。もしそこにいなかったら無駄足になっちゃいますし」

「だが……」

「冷静に考えましょう。もし二人で行って、結局競技に間に合わなくなってしまったら、唯先輩が選抜リレーをサボったなんてことにもなりかねません」

俺たちが一番避けたいことは、それだ。

龍山先輩が出場できなかったからといって、生徒会が何かしらの責任を問われることはない。

極論を言えば、競技が終わった後にゆっくり探すことだってできる。

俺がやっていることは、あくまで自己満足。

しかし、このままではいくらなんでもあんまりじゃないか。

天野先輩に見合う人になりたい。

そのためにここで活躍を見せようと奮起したのに、それすら叶わないなんて――――。

「絶対に龍山先輩を見つけ出します。だから、唯先輩は一位を取る準備をしておいてください」

「……分かった、頼んだぞ。私も期待に応えると約束する」

「はい、お願いします！」

目指すは体育倉庫。

俺はそこに向けて、全力で地面を蹴った。

◇◆◇

「……びくともしませんね」

ウチは目の前にある鉄の扉から手を離す。

さっきから何度も挑戦しているのだが、外から閂がかかっているためまったく開く気配がない。

「助けを待つしかなさそうですね……龍山センパイ」

「ああ、そうだな」

高跳び用の分厚いマットに腰掛けた龍山センパイは、覇気のない笑みを浮かべている。

事が起きたのは、使用済みの道具を倉庫に戻す最中。

体育祭実行委員が障害物競走などで使用した道具を倉庫に戻しているところに出くわしたウチは、生徒会役員として手伝いを申し出た。

そしてウチとそこにいた龍山センパイは、運ばれてきた道具を倉庫内で整理していたのだけど――。

(せめて人が残っていないか確認してくれればよかったのに……)

まだウチらが中で作業をしている時に、突然外から扉を閉められてしまった。

ご丁寧に鍵まで閉められてしまい、内側からはもう開けることができない。

ウチと龍山センパイは、見事に閉じ込められてしまったというわけだ。

八重樫センパイもよくいろんなところに閉じ込められるけれど、その度にウチは、どうしてそんなことになるのかと問いたくなるのを我慢している。

しかし実際に自分が閉じ込められてみて、こちら側からはどうしようもないということが分かった。

「選抜リレー、間に合いますかね」

閉じ込められてから、五分ほどは経っているだろうか。

玉入れが終わり、最後の種目である選抜リレーの時間が迫ってきているはず。

出場者じゃないウチには関係ない話だけど、龍山センパイはそうじゃない。

センパイはB組を背負って走る予定なのだ。

こんなところにいる場合じゃない。なんとかセンパイだけでも外に出さないと――。

（窓は駄目か……）

見上げれば、天井付近に横長の窓がついている。

障害物競走用の跳び箱などを踏み台にすれば、あそこまでは届くはずだ。

しかし残念ながら、届いたところで到底人が通れそうな幅ではない。

（壁や扉は……）

倉庫の壁や、扉を軽く叩いてみる。

この感じだと、全力で蹴れば扉くらいなら吹き飛ばせるかもしれない。

器物破損は、まあ、後で謝るとして。

ただ、ネックなのはウチの身体だ。

「っ……」

少し体重をかけただけで、鋭く痛む足首。

最初は軽度の捻挫だったかもしれないけど、コンビニまで走ったことや、借り物競走で棒七と競り合った無茶がたたり、今では少し動かすだけで激痛が走るようになっていた。

これではまともに蹴りを放つことができない。

「ひより、大人しく座っていた方がいい。足を痛めているんだろ？」

「……よく分かりましたね」

「普段一緒に練習してるんだし、嫌でも気づく」

「……」

素人ならともかく、龍山センパイの目を誤魔化すことはできないか。

お言葉に甘えて、センパイの隣に腰を下ろす。

「騎馬戦の時か？」

「ええ、まあ。先に言っておきますけど、別に龍山センパイのせいとか、そういうやつじゃないですから。ただウチが着地をミスっただけです」

「そうか……」

だから龍山センパイが責任を感じる必要なんて微塵もない。

これはお互いが全力で戦った証拠だ。

「ウチのことはともかく、なんとか出る手段を見つけないと……」

「ああ……そうだな」

「……どうしたんです？　なんか、らしくないですよ」

いつもうるさいくらいに元気なのに、今はえらく静かだ。

うるさい方に慣れてしまったウチからすれば、すごく調子が狂う。

「……情けないところを見せてすまん」

「別に……いや、でも、本当にどうしたんですか？」

「自分があまりにも不甲斐なさすぎてな……選抜リレーでいいところを見せようとしていた矢先に、このざまとは」

そう言いながら、龍山センパイは苦笑いを浮かべる。

「花城に言われたんだ。ゆーくんに見合う人間になるには、外見を変えたりするのではなく、何かを成すことが重要なんじゃないかって」

「夏彦が？」

いい話だと思ったけど、これを夏彦が言ったと思うと手放しで賛同しにくいわね。

「今日の選抜リレーに勝てたら、少しは周りを見返せると思ったんだが……」

「……」

こんな不本意な形で出場できなくなるかもしれないと思い、龍山センパイは張り切っていた分、その反動で苦しんでいるようだ。

誰だって、そういった経験はあるだろう。

「でも、意外ですね。龍山センパイって周りの目なんて気にしない人だと思ってました」

「ははは、アタシも自分をそう評価していた。だが……不思議なものでな。あるはずのなかった不安が、ずっと胸を締め付けているんだ」

「不安、ですか」

「ゆーくんがどこかに行ってしまう……そんな不安だよ」

龍山センパイは、自分の拳を強く握りしめる。

そうすることで、湧き出る不安を押し殺しているように見えた。

「気持ちがずっと焦っている……ゆーくんと一緒にいられることが、まるで夢のようで……いつか壊れてしまう気がして、怖いんだ」

「……」

そうして顔を伏せるセンパイは、まるで人が変わってしまったかのようだ。

恋人という存在が、豪快で覇気に溢れた龍山センパイを変えている。

それを見て、ウチの頭に夏彦(なつひこ)の顔が浮かんだ。

こうした変化に、ウチは心当たりがある。

自分の中にも、龍山センパイと似た不安がある気がするから。

「こうした小さな失敗が積み重なって、大きな失敗を起こす……それがたまらなく怖い」

恋はここまで人を変えるのか。

……ウチが恐れるものはなんだろう。

夏彦が榛七を頼ろうと言い出した時、ウチはすごく嫌な気持ちになった。

常にそこにいるはずだったあいつが、どこかに行ってしまうような気がして――。

(ああ、そうか。焦ってたんだ、ウチも)

言いようのなかった不安に、名前がつく。

これは嫉妬だ。

ウチは、好意を隠さず夏彦に迫る榛七に、強い嫉妬を覚えている。

「……奪われたくないですよね」

気づけば、そんな言葉が口から漏れていた。

ウチとあいつは、ずっと近くにいるものだと思っていた。

しかしそれは当然のことではなく、果てしない希望的観測。

変わらないものなんてない。

夏彦がどこかに行ってしまったとしても、ウチにそれを責める権利はない。

ウチにできることは、そうなってしまわないように努力することだけだ。

そしてその努力は、龍山センパイがやろうとしていたものと同じだと思う。

だとすれば、ウチはこの苦しみの理解者として、センパイを手助けせざるを得ない。

（だからって、できることもあんまりないんだけど……）

改めて周囲を見回してみるが、倉庫内で使えそうな物はほとんどなさそうだ。

足も相変わらず痛い。

やはり内側から脱出することは不可能だろう。

できることと言えば、何か音を出して外に助けを求めることくらい――――。

「……そういえば、龍山センパイにアドバイスしたのは、夏彦なんですよね？」

「ん？　ああ、そうだが……」

「はぁ、じゃあ待ってればいいか」

ウチはマットに深く腰を沈める。

やはりウチはだいぶ冷静じゃなかったらしい。

あいつが龍山センパイとそんな風に関わっていたんだとしたら――――。

「背中を押しただけで『はい、終わり』なんてこと、あいつはやりません。きっと今頃センパイがいないって騒ぎになってるはずだし、多分探しだそうとしてますよ」

「ふっ……あいつは面白い男だな。本当に見つけてくれたら、どれだけありがたいことか」

「……見つけてくれますよ、絶対」

これは決して希望的観測ではない。

あいつが花城夏彦である限り、必ずウチらを見つけ出してくれる。

「信頼してるんだな、花城のこと」

「まあ、そうですね。あいつの取り柄なんて、期待を裏切らないってことくらいしかないんですから」

「ははははっ！　なんだそれは！　最高じゃないか！」

龍山センパイが腹を抱えて笑い始める。

そのいつも通りの笑い方を見て、ウチは内心ホッとした。

やっぱり龍山センパイは、ちょっとうるさいくらいがちょうどいい。

「お、噂をすれば」

倉庫の外で、人が駆ける音がする。

ウチはそれがあいつのものであると確信を持っていた。

そして間もなくして、倉庫の扉がゆっくりと開く――――。

◇◆◇

「着いた……！」

グラウンドから体育倉庫へと駆け付けた俺は、すぐに鉄の扉に手をかけた。

外から閂を外し、重たい扉を引き開ける。

すると中には、探し求めていた人の顔があった。

「龍山先輩！　ってひよりもここにいたの⁉」

探していた人がいて喜んだのもつかの間、そこにひよりの顔があることに俺は驚く。

「どうして体育倉庫に……？」

「実行委員の片付けの手伝いをしてたら、そのまま閉じ込められちゃったのよ。それよりも……」

「ああ、そうだった。龍山先輩！　すぐに行ってください！　まだ選抜リレーには間に合いますから！」

時間はだいぶギリギリ。

だけど、間に合った。

「ありがとう、花城(はなしろ)！　心から感謝する！」

「こんなのお安い御用です。それより、自分で焚(た)きつけておいてこんなこと言うのもあれですが……うちの唯(ゆい)先輩は最強ですよ」

リレーでいいところを見せればいいなんて言いつつも、こんなことを言うのは申し訳ない。

でも、唯(ゆい)先輩は本当に最強なのだ。

仮に龍山先輩の事情を聞いたとしても、彼女はきっと手加減なんてできやしないだろう。

「ああ、分かっているさ。それでも……アタシは勝つぞ」

「……その意気です」

龍山先輩が倉庫を飛び出す。

そして一度振り返ると、ひよりの方に視線を向けた。

「ひより！　アタシが言うのもなんだが……こんないい男、手放すんじゃないぞ！」

「……余計なお世話だっつーの」

「ははは っ！　そうか！　じゃあ行ってくるぞ！」

大声でそう言いながら、龍山先輩が駆けていく。

なんとか間に合ったことで気が抜けた俺は、額の汗をぐいっと拭った。

「さて……その様子だと、多分歩けないよね？」

「ええ、残念ながらね」

ひよりが肩を竦めてみせる。

扉を開けたのに動かないでいるところを見るに、どうやら怪我の具合は悪化してしまっているようだ。

「肩貸すよ」

「ん……助かるわ」

俺の肩を摑んで、ひよりは立ち上がる。

珍しく顔色があまりよろしくない。

それだけ足の痛みがひどいのだろう。

骨が折れているわけではないようだけど、すぐに保健室に連れて行った方がよさそうだ。

「このまま保健室へ行くからね」

「別にこれくらいなら放っておいても……」

「駄目だよ、ちゃんと一回見てもらわなきゃ。上手く一人で歩けないくらい痛いんでしょ？」

「はぁ……分かった、逆らわないわよ」

なまじ痛みに強い分、ひよりは変に我慢してしまう癖がある。

でも痛いものは痛いのだから、ちゃんと見てもらった方がいいに決まってるのにね。

「……じゃあさ、夏彦（なつひこ）」

「ん？」

「保健室までおんぶしてよ。これはこれで歩きにくいし」

「え、意外だね。そんなこと学校じゃ絶対させないって思ってたよ」

結構恥ずかしく感じそうだし。

「こういう時くらいいね。……素直になりたい時だって、たまにはあるのよ」

「……ふーん」

よく分からないけれど、素直なひよりは普段とのギャップも相まって、かなり可愛く見える。

今俺が把握できることは、もうそれだけだ。

「いいよ、乗って」

「はい、ありがと」

背中に人ひとり分の重みがかかる。

ズシッとはくるけれど、余裕で動けるくらいの重さだ。

まあ、ズシッとくるなんて言ったら、死ぬほど怒られるだろうけどね。

「なんか懐かしいね、こういうの」

保健室へと歩きながら、俺はそう声をかけた。

「ちっちゃい頃にも、転んだひよりを連れて家までおんぶしてったっけ」

「やめてよ、恥ずかしい。もうそんなの忘れたわ」

「残念。でも俺は忘れないけどね。ひよりとの大事な思い出だし」

二人で過ごした時間のことは今でも大体覚えている。

俺にとってのひよりは、それだけ大きな存在なのだ。

「……馬鹿、忘れなさいよ」

「いて」

後頭部をぺしっと叩かれてしまった。

なんだ、満更でもなさそうだね。

「ねぇ、夏彦」

「なに？」

「体育祭が終わったら、榛七と会う予定なのよね」

「うん、そうだけど……」

「じゃあ、その時に――」

そこまで言って、ひよりの言葉は途切れた。

「……いや、やっぱりいい。気にしないで」

「む、難しいこと言うねぇ……」

ここで止められて、気にするなと言われる方が難しい。

しかしひよりはこれ以上今の話を続けるつもりはないようで、完全に口を閉じてしまった。

その代わり、背中に加わる重みが少し増し、柔らかな感触が強くなる。

「ひ、ひよりさん？　なんか、密着度が……」

「いいから、今はこのままにして」

「は……はい」

やたらと甘えてくるひよりに対し、心臓の鼓動が早くなる。

困った、こんなにドキドキすることなんて滅多にないのに。

「お、お前は……！　あたしのこと……どう思ってる……？」

「……」

「……悪い、なんか、その……こんな緊張すること、普段ねぇんだけど……言葉が上手く出てこなくて、その」

普段は思ったことをハキハキと口にするルミが、相当な口下手になってしまっている。

その姿が妙に可愛くて、魅力的で、不思議と心臓が小さく跳ねた気がした。

「お前は、なんか、冗談くらいに思ってるかもしれないけど、あたしは本当に……お前が――っ」

「……？」

ルミの言葉が、不意に止まる。

その目には困惑の色が浮かんでおり、視線の先には、間違いなく俺の目があった。

「ルミ？」

「……ああ、そうか。そういうことか」

何かに納得した様子を見せたルミは、一度顔を伏せる。

そしてすぐに上げたと思えば、そこにはいつも通りの憎まれ顔があった。

「はっ！　告白でもすると思ったか!?　残念だったな、ただのイタズラだよ！　お前の方から告白させるって決めてんだ。あたしの方から施しを与えるわけがねぇよ」

「う、うん……」

「はー！　お前の困った顔が見れてよかったわ。これからもガンガン攻めるから、覚悟しとけよ？」

まくし立てるように言葉を吐きながら、ルミは俺の横を通り過ぎる。

その時に彼女は、手に握りこんでいた何かをジャージのポケットにしまい込んだ。

「じゃあ、またな」

「……うん」

俺を置いて、ルミが教室を飛び出していく。

姿が消える一瞬、そのズボンのポケットから、俺と同じ色をした体育祭のハチマキが見えた気がした。

「……っ」

追うべきではないかと、体が小さく反応する。

しかし意に反して動こうとする体を、俺はなんとか押さえつけた。

ルミを追ったところで、できることは何もない。

彼女の気持ちがまったく理解できない、俺のような人間には——。

◇◆◇

向こうの廊下から、見覚えのある金髪が歩いてくる。

苦しそうに表情を歪めている彼女を、ウチは壁に背を預けながら呼び止めた。

「ねぇ、榛七。告白は上手くいった？」

「……一ノ瀬」

あらやだ。いつもはウチを見た途端に嫌な顔するくせに、今日ばかりはホッとしたような顔しちゃって。

しかし自分の表情の変化に気づいたのか、榛七はすぐにいつもの顔を取り繕った。

「んだよ、その足。いつそんな怪我したんだ？」

榛七がウチの足を見て言う。

ウチの足は、保健室で手当てしてもらった結果、包帯がぐるぐるに巻いてある。

こうしてテーピングをしてもらったおかげで、引きずるようにすればかろうじて歩ける程度にはなった。

ただ、今はそんなことどうでもいい。

「話を逸らさないでよ。ウチは告白が上手くいったかどうかを聞いてるのよ」

「はっ……分かってんだろ？　失敗したよ、見事にな。告白すら、できなかった」

「……でしょうね」

「お前は知ってたんだよな、あいつの本性のこと」

「当然よ。何年も一緒にいれば、気づくに決まってる」

あいつの本性に気づいているのは、多分榛七を除いてウチくらい。

生徒会のメンバーならいつか気づくかもしれないけれど、そこまで踏み込めるような関係になるかどうかは、この先にあるかもしれないきっかけ次第だ。

「あいつの目……あたしが告白しようとした瞬間でも、何も変わらなかった……！　こっちは人生で初めての告白だってのに……なんなんだよ！　あいつは！」

榛七の嘆きが廊下に響く。

彼女の手は、行き場のない感情による震えを必死に押さえつけていた。

癪だけど、ウチにはその気持ちが痛いほどよく分かる。

「……あいつってね、友達はいるけど、親友とかいないの」

「……？」

「運動も勉強もそこそこ。本人曰く、ウラもオモテもない平凡な高校生……それがあいつ。ここまで聞いたら、めちゃくちゃつまらない男だって思うでしょ？」

そう、すべてはそこから間違っている。

あいつは確かに平凡で、一見同じように見える男なんてどこにでもいるかもしれない。

だけど、あいつは……あいつだけは、この上なく特別な存在だ。

「あいつから見た〝花城夏彦以外の人間〟は、すべてが平等に〝いち〟なの。〝他人〟でも、〝親友〟でも、〝恋人〟でもない。夏彦の中に、特別なものなんて一つもないのよ」

だからウラなんて持つ必要がない。

誰にだって同じ顔を向けるのだから、最初から取り繕う必要がないのだ。

それは、ウチだって例外じゃない。

他の人よりはほんのわずかに近い位置にいる自信はある。

ただ、それだけだ。本当に少しだけ特別ってだけ。

「先輩も、後輩も、同級生も、友達も知人も、ただすれ違っただけの人でさえも、夏彦から見たらすべて平等な〝いち〟。それこそが、あいつの恐ろしさよ」

「……なんだよそれ。冗談じゃねぇぞ」

棒七はワナワナと拳を握りしめている。

ウチがここにいたのは、何も彼女の告白を邪魔したかったからではない。

夏彦にあるはずのない〝ウラ〟を知ってしまった棒七が心に傷を負ってしまわないか、それが心配だったからだ。

こいつのことは気に食わない。でも、不思議なことにウチはこいつを友達だと感じているから――。

「ビビったんなら、すぐに手を引きなさいよ。うろちょろされても迷惑だし」

「……うるせぇ。このまま終われるかよ」

「は？」

あれ？　なんか、むしろ闘志みたいなものが漲ってない？

「あたしは榛七ルミだ。あいつがあたしをその他大勢と同じに見てるってんなら、あたしにとってもあいつはその他大勢の男と同じ！　なら、落とせない理由はねぇ！」

「ちょ、ちょっと……」

「ますます燃えてきた……いちとか、にとか！　有象無象のことはどうでもいい！　やってやる……〝ひゃく〟でも〝せん〟でも、なんにだってなってやるよ」

榛七の目には、やはり闘志のようなものが満ちていた。

参ったな、発破をかけるつもりはまったくなかったのに。

「あたしを脱落させて独り占めしようたって、そうはいかねぇぞ。一ノ瀬、お前だけには絶対負けねぇ」

「……ふざけんな。ウチだって負けるつもりはねぇっつーの」

ウチと榛七は、同時に別の方向へと体を向けて歩き出した。

こいつと同じ道を歩くことはできない。

だけど、目指すところは同じ。
だったら当然、早くたどり着けた方の勝ちだ。
夏彦の〝特別〟は、絶対に譲らない。

エピローグ　宙ぶらりんを卒業します

夏といえば、人は何を想像するだろうか？

海、プール、かき氷、アイス、カブトムシ、セミ、花火。

一つ一つ考えていけば、それこそきりがない。

そんな中、俺が想像しているものはたった一つだけ。


夏の熱気で汗ばんだ女子の、うっすら透けたワイシャツ。


もはやこれに限る。

想像してみてほしい。

普段見えないはずの下着、または肌着が、こちら側から一切手を下さずに見ることができるというお得感を。

もちろんそれをただ眺めるというのはセクハラでしかないし、紳士たるもの気づいた瞬間に視線を逸らす必要があることは間違いない。

しかし、一瞬、ほんの一瞬くらい〝透けている〟と認識するための時間があるわけで。

俺の目はそれを逃さない。

鍛え抜かれた眼力は二百メートル先のパンチラを捉え、鋭く磨かれた嗅覚は汗の匂いだけでその人が誰かを当てることができる。

日常に隠れたエロ、それを逃さず正しく認識するために、俺は今を生きているのだ——。

「……何をぼーっとしてんのよ、あんたは」

「いてっ」

屋上に座り込んで天を仰いでいた俺の頭に、何かがコツンと当たる。

いつの間にか、我が親愛なる幼馴染、一ノ瀬（いちのせ）ひよりが側に立っていた。

ひよりの手には、ソーダ味の棒アイス。

どうやらこれで俺の頭を小突いたらしい。

「くれるの？」

「いらないならウチが食べるわ」

「もらうよ、せっかくだし」

袋に入ったアイスを受け取り、封を開けて口に運ぶ。

冷たいソーダ味のアイスが、口の中で溶けていく。

ひよりも俺の隣にペタンと座り込むと、もう片方の手に持っていた棒アイスを口に運んだ。

しばらくアイスを食べる音だけが俺たちの間に響く。

「……楽しかったね、今年の体育祭」

「まあ、ね。退屈はしなかったんじゃない？」

「素直じゃないんだから」

「うっさい」

怒られつつ、俺は笑う。

こうして学校で棒アイスを食べるのは、今日で二度目。

〝九月〟の気温は、まだまだ高い。

熱気で少し溶けてしまったアイスがぽたりと滴り、屋上の床に小さなシミを作る。

今年の夏は美少女たちの透けワイシャツ以外にも楽しいことがたくさんあった。

いつも通り何もなかったはずの夏が、ずっとキラキラして見えるくらい——。

「……体育倉庫に閉じ込められた時、助けに来てくれてありがとう。助かったわ」

「あらま、今日は本当に素直だね」

「礼くらい、素直じゃなくたって言えるわ。当たり前のことでしょ？」

「ごもっとも」

礼儀は大事。それは当たり前のことだ。

ただ、その当たり前ができない人もたくさんいるわけで。

真面目で素直で可愛くて、ちゃんとお礼の言える幼馴染。

そんな彼女の側にいられる俺は、本当に幸せ者だと思う。

「……さっきさ、ルミと会ってたんだけど」

一息入れた後、俺はそう切り出した。

言うか言わないか、少しだけ悩んだ話。

しかしひよりには、何故か聞いてもらいたいと思った。

「なんか傷つけちゃったみたいで……こういう時どうすればいいのか、今もずっと考えてるんだ」

「ふーん、別にあいつなら放っておけばいいんじゃない？」

「えー⁉」

あまりにも予想外の言葉が返ってきて、俺は声を出して驚いてしまう。

いや、いくらいがみ合っているにしても、ちょっと切り捨てるのが早すぎではないだろうか。

「さっきあいつとすれ違ったけど、別に怒ってなかったしね。それどころか、あんたを絶対に落としてやるって意気込んでたわ」

「ああ……本気なんだ、あれ」

参ったな、これは俺にもモテ期到来か？

嬉しいけど、今度は俺が龍山先輩の立場になってしまいそうで怖い。

——そうだ、龍山先輩のことで一つ思い出した。

「ねぇ、ひより。俺、決めたことがあるんだ」

龍山先輩と天野先輩が幸せそうにしている姿を見て、俺はそれを守るべき大切なものだと感じた。

誰かの人生を彩る、特別なものであるに違いないのだから。

「皆の理想の青春を、ウラ側から守る……そういうことができる人間になりたい」

青春を愛し、青春を守る。

誰も悲しい思いをしなくて済むように、傷つかずに済むように。

そうしていれば、俺もいずれ――――。

「……ま、いいんじゃない？　仕方ないから、ウチも少しは協力してあげるわ」

「え、いいの？」

「別に生徒会の活動と大きく変わらないしね。それに、今まで宙ぶらりんだったあんたに初めてできた目標でしょ？　仮にも幼馴染だし、応援してあげないわけにもいかないわ」

「ひより……」

「あ、そうだ」

ひよりは俺の方を見て、何か思い出したかのように手を叩いた。

そしてそのまま立ち上がると、俺に向けて手を差し出す。

「ほら、あんたまだ体育祭のハチマキ持ってるんじゃない？　ウチから返しておくから、ここで渡しなさい」

「え？　いや、それくらい自分でやるよ」

「いいから、早く」

そう言いながら、ひよりはさらにズイッと手を伸ばしてきた。

この有無を言わさぬ態度、どうやら拒否権はないらしい。

「わ、分かったけど……」

俺はポケットに入れていたハチマキを取り出し、ひよりに手渡す。

「うん、確かに受け取ったわ。それじゃ、これ」

「え……？」

ひよりは自身のポケットから自分のハチマキを取り出すと、それを俺の座っているところに落とした。

何事かと困惑している俺をよそに、ひよりは背を向けてしまう。

「あんたはそれを返しておいて。無くしたら……承知しないから」

それ以上何かを言うことはなく、ひよりは屋上を後にしてしまう。

残された俺は、自分の膝の上に落ちた彼女のハチマキを拾い上げた。

「……これも青春てやつでしょーか」

ハチマキを傾きかけた太陽へと向けてみる。

俺が経験した、高校二年生の夏。
人によっては、どこにでもあるような平凡な青春だったかもしれない。
だけど俺は、このキラキラした夏を、一生忘れることはないだろう。

あとがき

『この青春にはウラがある！』の二巻を手に取っていただき、誠にありがとうございます。

原作者の岸本和葉です。

夏彦の物語は体育祭編に突入ということで、今回の話はいかがだったでしょうか。

二巻ということもあり、ようやく書き慣れてきた感じが出てきたところで、夏彦を取り巻く恋の行方も少しばかり動きを見せました。

花城夏彦という人間の全貌も、だんだんと見えてきているようにも感じられます。

ここで少し話は違うのですが、改めて表紙イラストとカバー裏に触れさせていただければと思います。

二巻は一巻に引き続き、Bcoca先生にイラストを担当していただいています。

今回も素晴らしいイラストばかりだったのですが、特に表紙とカバー裏に関する演出が、自分の中にだいぶぶっ刺さりまして。

裏側というものがテーマのこのシリーズにおいて、こういう演出を思いついてくださった担当様とBcoca先生には、本当に頭が上がりません。

まだカバー裏をご覧になっていない読者の方がいましたら、ぜひペラっと捲ってみてください。

最後になりますが、この本を世に出すために協力してくださっている皆様、そして購入してくださった読者の皆様、本当にありがとうございます。

これからも夏彦たちの物語を書けるよう、引き続き精進していきます。

それではまた、どこかで。

◉岸本和葉著作リスト

「今日も生きててえらい！1～3 ～甘々完璧美少女と過ごす3LDK同棲生活～」（電撃文庫）
「この青春にはウラがある！1～2」（同）

本書に対するご意見、ご感想をお寄せください。

ファンレターあて先
〒 102-8177　東京都千代田区富士見 2-13-3
電撃文庫編集部
「岸本和葉先生」係
「Bcoca先生」係

本書は書き下ろしです。

電撃文庫

この青春にはウラがある！2

岸本和葉

2023年10月10日　初版発行

発行者　山下直久
発行　株式会社KADOKAWA
〒102-8177　東京都千代田区富士見2-13-3
0570-002-301（ナビダイヤル）
装丁者　荻窪裕司（META＋MANIERA）
印刷　株式会社暁印刷
製本　株式会社暁印刷

ISBN978-4-04-915271-5　C0193　Printed in Japan

電撃文庫　https://dengekibunko.jp/

電撃文庫DIGEST　10月の新刊

発売日2023年10月6日

豚のレバーは加熱しろ（8回目）

著／逆井卓馬　イラスト／遠坂あさぎ

シュラヴィスの圧政により、王朝と解放軍の亀裂は深まるばかり。戦いを止めようと奔走するジェスと豚。一緒にいる方法を模索する二人に、立ちはだかる真実とは。すべての謎が解き明かされ――最後の旅が、始まる。

ストライク・ザ・ブラッド APPEND4

著／三雲岳斗　イラスト／マニャ子

雪菜再び!?　テスト前の一夜漬けから激辛チャレンジ、絃神島の終焉を描く未来篇まで。古城と雪菜たちの日常を描くストブラ番外篇第四弾！　完全新作を含めた短篇・掌編十二本とおまけSSを収録！

ソード・オブ・スタリオン2
種馬と呼ばれた最強騎士、隣国の王女を寝取れと命じられる

著／三雲岳斗　イラスト／マニャ子

ティシナ王女暗殺を阻止するため、シャルギア王国に乗りこんだラスとフィアールカ。未来を知るティシナにラスたちが翻弄され続ける中、各国の要人が集結した国際会議が開幕。大陸を揺るがす巨大な陰謀が動き出す！

悪役御曹司の勘違い聖者生活2 ～二度目の人生はやりたい放題したいだけなのに～

著／木の芽　イラスト／へりがる

学院長・フローネの策により、オウガの生徒会入りと〈学院魔術対抗戦〉の代表入りが強制的に決定。しかしオウガは、この機を利用し彼女の弟子で生徒会長のレイナを奪い、学院長の思惑を打ち砕くべく行動する。

やがてラブコメに至る暗殺者2

著／駱駝　イラスト／塩かずのこ

晴れて正式な『偽りの恋人』となったシノとエマ。だがエマはシノが自分を頼ってくれないことに悩む毎日。そんな折、チヨからある任務の誘いを受けて――。「俺好き」の駱駝が贈る騙し合いラブコメ第二弾、早くも登場！

この青春にはウラがある!2

著／岸本和葉　イラスト／Bcoca

七月末、凰明高校生徒会の夏休みは一味違う。　生徒会メンバーは体育祭実行委員・教職員を交え、体育祭の予行演習をするのである！　我らがポンコツ生徒会長・八重樫先輩に何も起きないはずがなく……。

新作　赤点魔女に異世界最強の個別指導を!

著／鎌池和馬　イラスト／あろあ

召喚禁域魔法学校マレフィキウム。誰もが目指し、そのほとんどが挫折を味わう『魔女達』の超難関校。これは、魔女を夢見るへっぽこ魔女見習いの少女が、最強の家庭教師とともに魔法学校入学を目指す物語。

新作　組織の宿敵と結婚したらめちゃ甘い

著／有象利路　イラスト／林けゐ

かつて敵対する異能力者の組織に属し、反目し合う目的のために殺し合った二人だったが……なぜかイチャコラ付き合った上に結婚していた！　そんな甘い日常を営む二人にも、お互い言い出せない悩みがあり……？

新作　レベル0の無能探索者と蔑まれても実は世界最強です ～探索ランキング1位は謎の人～

著／御峰。　イラスト／竹花ノート

時は探索者優遇の時代。永遠のレベル0と蔑まれた鈴木日向は、不思議なダンジョンでモンスターたちと対峙していくうちに、レベル0から上昇しない代わりにスキルを無限に獲得できる力を開花することに――？

【画集】

マニャ子画集2 ストライク・ザ・ブラッド

著／マニャ子　原作・寄稿／三雲岳斗

TVアニメ『ストライク・ザ・ブラッド』10周年を記念して、原作イラストを担当するマニャ子の画集第二弾が発売決定！

レプリカだって、恋をする。
Even a replica falls in love
16歳、夏。はじめての、青春。
愛川素直という少女の
身代わりとして働く
分身体（レプリカ）、それが私。
本体のために生きるのが
使命……なのに、
恋をしてしまったんだ。
海沿いの街で
巻き起こる
ちょっぴり不思議な
青春ラブストーリー。
榛名丼
［イラスト］
raemz
応募総数
4,128作品の
頂点
第29回
電撃小説大賞
大賞
受賞作
電撃文庫

第29回
電撃小説大賞受賞作
電撃文庫
四季大雅
［イラスト］一色
TAIGA SHIKI
Illust: ISSHIKI
僕が君と別れ、君は僕と出会い、
舞台（ものがたり）は始まる。
ミリは猫の瞳のなかに住んでいる
MILI LIVES IN THE CAT'S EYES
STORY
猫の瞳を通じて出会った少女・ミリから告げられた未来は、
探偵になって『運命』を変えること。
演劇部で起こる連続殺人、死者からの手紙、
ミリの言葉の真相――そして嘘。
過去と未来と現在が猫の瞳を通じて交錯する！
豪華PVや
コラボ情報は
特設サイトでCheck!!
電撃文庫

クセつよ異種族で行列ができる結婚相談所
～看板ネコ娘はカワイイだけじゃ務まらない～
五月雨きょうすけ
ill. 猫屋敷ぷしお
見習い秘書係のネコ娘、今日も頑張っています!
第29回 電撃小説大賞 受賞作
電撃文庫
特設サイトを
check!!
STORY
訪れるのはワケあり相談者ばかり?
異種族同士の婚活って大変なんです!
ドタバタ婚活ファンタジー、はじまります!!
電撃文庫

Story
木の芽
Illustration
へりがる
VILLAIN SCION
悪役御曹司の勘違い聖者生活
SAINT
～二度目の人生はやりたい放題したいだけなのに～
気ままな悪役御曹司ライフのつもりが
勝手に聖者認定!?
[あらすじ]
悪役領主の息子に転生したオウガは人がいいせいで前世で損した分、やりたい放題の悪役御曹司ライフを満喫することに決める。しかし、彼の傍若無人な振る舞いが周りから勝手に勘違いされ続け、人望を集めてしまい？
電撃文庫

命短し恋せよ男女（だんじょ）
余命1年でも
恋がしたい!!!
[著]
比嘉智康
Tomoyasu Higa
[イラスト]
間明田
Mamyoda
恋に恋するぽんこつ娘に、毒舌クールを装う元カノ、
金持ちヘタレ御曹司とお人好し主人公――
命短い男女4人による前代未聞な
余命宣告から始まる多角関係ラブコメ!
電撃文庫

夢を諦めクソみたいな大人になっちまった俺の人生。
全ての原因は中学時代のアイツ、初恋の彼女、
安芸宮羽純のせいだ――なんて愚痴っていた俺は、
事故に遭いなぜか中学時代へとタイムリープしていた。

初恋の彼女への
告白を、もう一度――
タイムリープで
あの夏の青春をやり直す――――!

青春2周目の俺がやり直す、ぼっちな彼女との陽キャな夏

Story by igarashi yusaku
Art by hanekoto

五十嵐雄策
イラスト
はねこと

当時は冴えないモブ男子だった俺だが、
あっという間に理想の青春をやり直すことに成功!
あとは安芸宮と過ごした『あの夏』の事件の
真相を暴き、変えるだけのはずだったのだが――。

電撃文庫

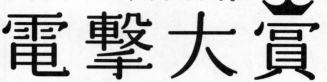